Denis Faure-Geors

L'ESTOUMAGADE

Roman

Éditeur : Books on Demand GmbH,
 12/14, rond-point des Champs Élysées, 75008 Paris, France.
Impression : Books on Demand GmbH, Norderstedt, Allemagne.
ISBN : 978-2-8106-2227-6
Dépôt légal : Septembre 2011.

L'estoumagade

PROLOGUE

Aujourd'hui, se lève une journée qui s'annonce comme d'habitude, c'est à dire "belle" pour les gens du nord qui ont froid et qui vendraient leur mère pour un peu de chaleur, et "normale" pour nous, qui n'avons même pas de plaisir à regarder la météo tellement on a l'impression que le symbole du soleil a été imprimé en même temps que la carte.
Rien ne change, ici ! L'astre rouge est toujours présent, fidèle au poste, et malgré un été sans relâche, il continu à nous arroser, à nous butiner le derme avec la constance d'un radiothérapeute sur un mélanome récalcitrant.
Nous sommes le six de ce mois d'octobre 2004, et je suis là, à guetter la porte d'entrée, dans l'espoir de voir apparaître la "puce insulaire".
Je sais très bien qu'elle ne viendra pas d'aussitôt mais ce n'est pas grave, je fais ce que je veux, je pense à qui je veux !
Le jardin a pris une couleur qui donne un petit vague à l'âme, et je me force comme un beau diable à l'enrichir avec divers engrais pour retarder le plus possible l'arrivée de l'hiver, mais peine perdue, rien n'y fait !
En fin d'après-midi, je suis allé courir et j'ai rencontré un écureuil. Le bougre de rongeur portait déjà les couleurs de

l'automne, j'étais écœuré ! Même les animaux me rappelaient la saison où tout tombe !
On a parlé un moment lui et moi ! Il avait l'air surpris de me voir, moi et mes fringues de coureur à pied !
Il devait trouver ça incongru de voir peut-être un humain accoutré de la sorte, alors que lui dans sa touffe de poils mordorés devait avoir sûrement d'autres chats à fouetter !
Il savait que le temps était venu de mettre de côté quelques glands pour l'hiver.
Je lui ai glissé à l'oreille, pendant que je pissais contre un arbre, que mon gland n'était comestible que pour des humains spécifiques.
L'écureuil me toisait d'un regard d'aveugle et me dit en substance qu'il fallait qu'il continue sa collecte avant la nuit et que mon gland ne l'intéressait vraiment pas.
C'est à ce moment-là que je compris qu'entre les écureuils et les hommes, régnait une sorte d'indifférence.
Serait-ce à cause de ma couleur, de mon manque de poils, de ma grosseur, non je ne crois pas !
Entre ses petites mâchoires il boulotte une pomme de pin et d'un air chafouin me dit :
— Tu sais "hombre" que j'ai des nouvelles de la "puce insulaire" !
Avec suffisance, il s'assied et me contemple d'un oeil bonhomme scrutant de ses petites billes marron la moindre réaction de ma part.
Je n'en revenais pas, je commençais à parler à l'écureuil sans vergogne !

L'estoumagade

Le ciel prenait la mesure de l'absurdité de la situation et se perla de mille scintillements d'étoiles comme un écrin de velours irisé.
La nuit allait jeter sa cape funeste sur notre rencontre.
Au moment où il me racontait les vacances de la fée clochette au pays de " vanille et framboise ", je fus pris, je ne sus pourquoi d'un regain de mélancolie, le mélange de Bobby Lapointe et de la fée clochette peut-être !
J'étais plié en deux !
Je prenais un mauvais départ avec cette histoire d'écureuil. La "fée clochette" rentrait dans trois semaines et cette idée me transformait.
C'est à cet instant précis que je pris la couleur de l'automne.
Mes mains se transformèrent en ceps de vigne noueux, recouvertes de mousse et mon visage devint havane.
Ce bouleversement me rapprocha de l'écureuil, qui me trouva plus en accord avec la nature.
À cet instant, je me ravisais et je compris alors que la différence entre lui et moi n'était plus si énorme.
Je me disais que l'attente, le futur, devaient être des notions inconnues pour cet animal qui a priori n'avait l'air de connaître que le présent.
Mon intégration dans le monde des écureuils était maintenant à peu près complète.
Un temps de plus, je demandais à l'écureuil son nom, et il me répondit :
    — On m'appelle "Fistone" parfois !
C'est le surnom qu'une sorcière dans un bar de nuit avait donné à Annix alias la "fée clochette", alias la "puce insulaire".

L'estoumagade

Dès lors je compris que j'avais surfé sur une vague scélérate, où le temps et l'espace s'étaient rejoints dans une compression infinie.
Je commençais à me prendre la tête "grave" à en devenir fou !
Je me ressaisis in extremis en me tapotant les joues pour me sortir de ce cauchemar.
À force de fixer l'étrange écureuil, je crus reconnaître en lui, le minois d'Annix !
Je le regarde, je m'y noie, elle me parle :
— Denix, y a du café !
Je regardais autour de moi, effrayé !
Un cantonnier ramassait quelques feuilles tardives avec nonchalance. Je fis semblant, dans une contorsion circonstanciée digne des "étoiles de Pékin", d'être absorbé par quelque chose.
Je toussotais pour couvrir la voix de l'écureuil, j'avais trop peur de me prendre la honte !
J'avais atteint le « momentum » où tout bascule, et je réalisais avec effroi que c'était mon portable qui s'était brutalement activé ! En réalité comme un gros demeuré que j'étais, j'écoutais le message d'accueil du téléphone !

L'estoumagade

LA DECOUVERTE

Les jours passaient inlassablement, et un matin, assez désabusé, je suis allé courir au parc de Maison Blanche.
Il faisait un temps que l'on ne trouve que dans le nord de l'Amérique, comme disait le pauvre « Jo » ! Quand les érables sont rouges.
Des écureuils encore eux, étaient présents sur un gros bouleau. Ils se poursuivaient en poussant des cris de putois. Je n'en avais jamais vu autant.
Je me suis dit que je faisais une fixation sur les écureuils, par lesquels l'image inconsciente était associée à la "fée Clochette".
J'avais peut-être envie de voir Annix et je voyais des écureuils, par simple transfert.
Une association d'idées comme une autre comme celle qui me venait souvent, le fameux syndrome du 83.
Il suffit qu'au volant, je vois une voiture avec l'immatriculation estampillée 83, pour que je trouve que le conducteur ne sait pas conduire. Je ne sais pas, je crois que j'ai fait une grosse fixation à ce niveau, une sorte de syllogisme implacable :
Tous les 83 conduisent mal, or le 83 c'est le var, donc les varois ont eu leur permis dans une pochette surprise.
Tout cela se passa avant que la police n'arrive dans le parc.

L'estoumagade

Un gardien de la paix s'approcha vers moi, et me demanda si je n'avais pas vu quelque chose de suspect !
En fait, ils étaient à la poursuite d'un prisonnier qui s'était fait la belle des "Baumettes."
Je lui dis que je n'avais rien vu, et après quelques courbettes, je repartis sur un pied de course, endiablé !
Deux ou trois tours du parc plus tard, au moment où je m'engageais dans un petit chemin mangé par les herbes, j'entendis une voix montant des taillis.
Je m'approchais, écartais les branches et me trouvais devant celui qui allait changer ma vie :
Un homme à terre, apeuré et surtout ensanglanté qui me suppliait de ne pas le livrer à la police.

— Je m'appelle Victor !

Me dit-il dans un râle. Dans sa situation, je ne comprenais pas pourquoi il se présentait ! C'était bizarre !
Une flaque de sang mélangée à l'herbe épaisse commençait à coaguler. Sa plaie sur le thorax était un véritable cloaque poisseux où s'agitait une faune douteuse.
Il devait être ici depuis quelques heures et en toute lucidité je ne pouvais quand même pas le laisser mourir, là !
L'endroit était sûr, et dans une inconscience la plus totale, je décidais de le laisser un moment seul.
Je partis pour aller chercher quelques compresses et différents produits pour arrêter l'hémorragie. La pharmacie était assez près du parc, en courant.
Je me posais tout de même des questions sur mon comportement !

— Je fais n'importe quoi ! Je ne sais pas qui est ce mec, putain !

— Et si j'allais à la police ?
— Non, ce n'est pas bien, reste sur ton idée !
Je me faisais les questions et les réponses.
Il perlait sur mon front des gouttes, pas seulement dues à l'effort physique, mais aussi à une indicible peur de l'avenir.
Je filais au plus vite avec mon attirail de première urgence, rejoindre l'inconnu. La flaque autour de lui était devenue énorme.
Je sortis tout le matériel pour le soigner, mais je compris qu'il était trop tard.
Il gémissait et commençait à délirer sérieusement !
— C'est trop compliqué, ne me laissez pas mourir, je ne suis pas un assassin, je ne suis… … .
Sur le coup il s'évanouit. Je me démenais comme un diable pour lui conserver une étincelle de vie et mes efforts furent récompensés.
Il me dit :
— Je…suis journaliste et… et je me suis fait avoir par ces enfoirés, ils m'ont bien eu !
— Que vous est-il arrivé ?
C'était grave et je lui posais des questions débiles. À mon corps défendant, je n'avais jamais été confronté à une situation aussi pourrie !
Je le secouais comme un prunier par le col de la chemise car j'avais envie qu'il parle et je sentais qu'il n'allait pas faire de vieux os !
— Je dois livrer une chose importante, qui peut sauver….
La planète… de la guerre ! croyez-moi !
Il me dit ça dans le sursaut de lucidité que l'on a quand on est près du gouffre.

Il avait mis en lieu sûr un document de la plus haute importance.
– Il faut que vous le récupériez avant que les autres ne le trouvent ! Promettez-moi !
Je lui promis, comme un abruti que j'étais !
Devant un homme en train de passer l'arme à gauche, il était certain que j'allais faire mon possible pour le retrouver.
Il me donna les explications, l'endroit où été caché le document en question, puis comme soulagé il s'éteignit dans un soupir.

L'estoumagade

L'AMI DE VICTOR

Le practice de golf de maison blanche est contigu au parc du même nom.
Des joueurs de différents niveaux, croisaient le "bois", affinant leur swing sous les derniers rayons d'un soleil couchant magnifique.
Je me dirigeais vers le club-house. En fait, je suivais les indications de Victor à la lettre.
L'atmosphère du bar était très cool, moi en revanche je l'étais nettement moins.
Je demandais à parler à Robert Duval. Une serveuse me renseigna sur le champ.
Robert Duval au premier abord m'apparut dans l'encoignure d'une porte, et le temps qu'il mit pour venir vers moi était infini.
On aurait dit qu'il rampait, il était plus large que haut et transpirait abondamment. Il me dit :
— Monsieur que puis-je pour vous ?
— Je suis un ami de Victor, il n'a pas pu venir, mais m'a proposé de me servir de ses clubs pour faire un parcours. Est-ce possible ?
— Bien sûr que oui. Ce sacré Victor ! Comment va-t-il ? Toujours inquiet ?

— Non je crois qu'il va mieux, de ce côté-là !

J'éludais, tout en restant poli les autres questions le concernant.

Tant qu'à faire je décidais de faire le parcours le lendemain matin. L'anticyclone avait jeté son dévolu sur Marseille et la journée s'annonçait belle.

Un article dans le journal me rappela à la réalité. Non, ce n'était pas un rêve, ils avaient retrouvé un cadavre dans le parc du 10e. La police était sur une piste probable car la présence d'une deuxième personne était avérée, par des empreintes de pas autour du corps.

— Que je suis bête, alors !

Je commençais à flipper, mais comme j'avais gardé mes gants, aucune trace m'appartenant ne devrait être trouvée.

Rassuré, je me rendis le lendemain au golf avec une décontraction maladive.

Après avoir pris le sac de Victor, je m'approchais du trou N° 1, Par 4, 350m.

Si mon ami Pierre avait vu ce coup il n'en serait pas revenu.

Mon Swing avait projeté la balle avec une puissance incroyable "200 m", une rareté de la nature, moi pour qui le "Bois", n'a aucune pitié !

Je continuais mon parcours avec entrain quand, au troisième trou, l'endroit me semblait propice pour mettre à jour le secret de Victor.

Assis sur une pierre au bord du fairway, je sortis avec fébrilité le "Bois 3 " du sac.

Mon esprit concentré, détaillait l'objet sous toutes les coutures, et je me rapprochais comme une fouine de la tête du club.

Celui-ci était dépareillé des autres clubs du sac, il était plus ancien, et la tête était vraiment en bois !

Je la pris entre mes doigts, cherchant une marque quelconque sur son pourtour, quand je sentis un relief sur le galbe du bois.

Une partie était amovible. Je dévissais un petit cylindre, et ma stupéfaction fut à son comble, quand je découvris un microfilm soigneusement roulé dans la cavité.

Le retour chez moi se passa comme une crispation. Le volant de ma voiture a dû certainement m'en vouloir.

J'avais décidé d'un commun accord avec moi-même de parler de cette histoire à quelqu'un, mais la marge de manœuvre était faible. Une situation pareille pouvait être mal perçue.

" La fée clochette " aurait pu m'aider à trouver une solution à ce problème moral et aussi donner une suite à cette histoire.

Arrivé à la maison, j'entrepris de lire ce microfilm. Scanné sur l'ordinateur ce document devenait de plus en plus parlant au fur et à mesure que je l'agrandissais.

Des photos faisaient apparaître six bâtiments cubiques, différents les uns des autres, dans des sites différents, tous paradoxalement désertiques.

Une phrase en anglais était écrite en plus petit qui parlait en substance :

" De transfert de technologies, de dissémination d'armes de destruction massive, de L'axe du mal etc. Que des choses qui me donnaient chaud. Les lieux étaient clairement précisés et le nom d'une personne figurait, ainsi qu'un numéro.

Je fermais l'ordinateur et commençais à divaguer sur la problématique de cette histoire.

Un homme avait été tué pour ça, que vais-je faire ? Garder ce film ? Le remettre à la police ?

L'estoumagade

J'attendis le lendemain matin pour retourner au golf, dans l'espoir d'en connaître un peu plus sur Victor.
À mon arrivée, je fus accueilli par Robert qui sirotait un café. Il me lança un "bonjour" avec un élan disproportionné, comme si nous étions les plus vieux amis du monde.
Je le saluais à mon tour et lui dis :

— Le virus du golf m'a repris et heureusement… je n'ai pas fait de piqûre de rappel !

Humour de base ! Pour aller dans le sens de la nature joviale de l'individu. Mimétique je l'étais, les écureuils ou Robert, le schéma était identique.
Son visage, au contraire devint plus fermé et plus triste, son regard était très lointain.

— De parler de virus me fais penser à lui, à ce pauvre Victor !

Cette phrase me rendit perplexe. Que pouvais-je dire sur Victor, moi qui ne connaissais de lui que son agonie.
J'ai rencontré Robert hier et j'ai déjà de l'affection pour lui. Il n'arrive pas à accuser le coup, sincère, c'est un gars sympathique.
Il avait lu l'entrefilet paru dans la presse qui parlait de l'assassinat crapuleux de Victor dans le parc de maison blanche.
Je regardais Robert qui faisait une tronche de six pans de long, il avait l'air d'attendre que je finisse de réfléchir !

— Robert je vois que tu es troublé mais excuse-moi ? le virus alors c'est quoi ?

Il me regardait encore plus hébété, puis me dit :

— Victor était chercheur en biologie cellulaire et il n'arrêtait pas de nous bassiner à longueur de journée avec ses virus et ses bactéries. C'était son sujet de conversation préféré !
— Pourtant il m'a dit qu'il était journaliste ?
— Dans un sens, il devait l'être aussi !
— Peut-être ! l'un n'empêche pas l'autre, tu as raison !
Je sentis qu'il me parlerait de lui sans problème mais tout de même je ne voulais pas trop le brusquer et pour cette raison je lui posais une question bien conne, pour détendre l'atmosphère.
— C'était un excité du travail, non ?
— C'est vrai ! Il avait l'air très impliqué dans son job. Parfois la gravité de certaines conversations avait le don de nous angoisser !
— Pourquoi ?
Il ressassait toujours la même chose. Il disait que certaines bactéries, dans des mains sans scrupules, seraient capables du pire. Ce genre de bestioles provoquerait le chaos sur terre, épidémies, pandémies et blablabla et blablabla ... On n'était jamais sûr de rien avec lui ! Il soufflait le chaud et le froid.
— Il avait de la famille ?
— Il était veuf, pas d'enfants, une sœur vivant aux USA, mais qu'il ne voyait plus depuis longtemps.
— C'est triste !
— Tu sais, à vrai dire, je crois que j'étais son seul confident, si on peut parler de confidences de sa part. C'était un homme fermé, mais on devinait en lui une retenue, comme si inconsciemment il avait voulu me faire passer un message par une autre voie, subliminale peut être !
— La police t'a questionné ?

L'estoumagade

— Non !
J'étais étonné !
Aucun lien avec le golf. L'initiative, de me rendre à la police pour parler du mort, ne m'emballait guère. Que leur aurais-je appris de plus ?
 De toute manière tout ça n'était vraiment pas très clair et je préférais rester en dehors de cette affaire, même si j'avais beaucoup d'affection pour Victor ?
La discussion avait pris une allure très confidentielle.
Robert avait l'air tellement ému par la mort de son ami que je me sentais obligé de faire un effort. Nous étions soudés l'un à l'autre par ce « Victor » que je ne connaissais même pas et doucement nous convergions tous les deux dans une quête de vérité.
Pour le moment c'est moi qui posais les questions.
  — Il travaillait sur Marseille ?
  — Oui, je crois, au CNRS, mais je n'en sais pas plus, il n'était pas loquace sur le sujet. En revanche il participait à des congrès assez souvent et il faisait des voyages réguliers aux états- unis.
  — Écoute Robert ! je crois que je peux te faire confiance, je vais te raconter l'aventure qui m'est arrivé.
Je lui donnais tous les détails de la mort de son ami, les soins inutiles, le secret du microfilm.
Il fut estomaqué par la nouvelle !
Après quelques explications nous prîmes l'engagement commun de comprendre la raison de la mort de l'ami de Robert, la personne que je connaissais à peine, « Victor ! »

L'estoumagade

LES ELECTIONS

Pendant cette période se déroulait la campagne pour l'élection présidentielle aux Etats-Unis.
Les derniers sondages montraient un équilibre des intentions de vote à quelques semaines de l'élection. Le fossé qui séparait les « États rouges » républicains et les « États bleus » démocrates était aussi profond que pour l'élection de 2000, entre Bush et Gore.
Aujourd'hui, G. Bush et J. Kerry étaient au coude à coude.
Chacun d'eux se distinguant par leurs divergences radicales, autant en politique intérieure qu'extérieure.
C'était un peu la bataille du Patriote naïf entre ciel et guerre, contre le Démocrate que les républicains trouvaient « sans caractère ». C'était l'argument majeur rebattu par le clan des conservateurs depuis Bush père !
Les sondages donnaient J. Kerry gagnant, et c'est George Bush qui remporta plus tard le suffrage contre toute attente !
La popularité de George Bush s'était méchamment écornée à cause de son acharnement à combattre l'Irak.
Depuis l'attentat des tours jumelles le 11 septembre 2001, il voulut porter un grand coup au terrorisme en ordonnant le désarmement de l'Irak en 2002.
La soi-disant présence d'armes de destruction massive fut un des prétextes pour l'invasion de l'Irak en 2003. Rendu à

l'évidence, que ce pays ne possédait pas ce type d'armes, il se voyait aujourd'hui dans une situation délicate pour les prochaines élections qui arrivaient à grands pas !

La campagne anti-Bush appuyée par des courants intellectuels européens, unilatéraux et donneurs de leçons, avait eu l'effet inverse escompté sur l'électorat américain et Kerry s'affaissait tout près du but. Les sénateurs du Parti républicain s'alarmaient de l'assouplissement des mesures coercitives appliquées à l'encontre de l'Irak, qui d'après eux, utilisait des transferts de technologies qui permettaient la dissémination des armes de destruction massive. Pendant que les républicains prônaient le combat et la recherche des armes en question, les démocrates, eux, cherchaient à sortir les soldats US de cette guerre inutile.

G. Bush dont le carriérisme était atavique, se retrouvait confronté à un problème de fond. Il savait que s'il voulait être réélu, il fallait mettre un terme à cette image médiatique qui lui collait à la peau, déplorablement stupide et paranoïaque.

Il aurait pu aussi bien admettre ses erreurs et se battre sur le terrain de ses faiblesses pour retrouver une certaine humilité. Laquelle aurait pu transformer la force en prise de conscience. Mais ce n'était pas son genre !

Au début de sa première investiture en 2000, il se demandait comment il pourrait bien se faire remarquer et surtout comment laisser une trace de son passage à la présidence des états unis s'il n'avait pas de combat à mener !

Son père avait eu le Vietnam, et lui, miracle ! Une guerre lui été tombé du ciel, au premier degré !

La raison, le leitmotiv primaire qui de source officielle a poussé Bush à investir l'Irak étaient la guerre contre le terrorisme.

L'estoumagade

Les attentats du 11 septembre avaient été le déclencheur d'une guerre qui couvait déjà depuis longtemps, Clinton s'y était cassé les dents aussi !
À mesure que s'approfondissait le débat sur le danger des armes de destruction massive dont pouvait disposer l'Irak, de nouvelles problématiques apparaissaient :
On se demandait quel pays pouvait détenir de telles armes ?
Est-on absolument certain malgré les recherches sur place des émissaires de l'ONU qu'il n'existe vraiment pas d'armes chimiques, bactériologiques, ou nucléaires !
Est-ce que les émissaires américains ont pu vraiment visiter tous les sites ? Saddam Hussein disait qu'il y en avait une dizaine, les émissaires du pentagone avaient été renseignés par des sources occultes sur une soixantaine ! C'était la question !
Au pays des « Mille et une nuits » les Occidentaux n'y comprenaient vraiment rien ! Moi, j'imaginais que la crédibilité de Bush avait souffert de son comportement « va t'en guerre » et de sa personnalité bourrée de contradictions. Il avait peur de ne pas être à la hauteur, à la hauteur de son père. Une peur qui a développé en lui, une sorte de boulimie dans laquelle on pouvait trouver des choses les plus bizarres les unes que les autres ! Par exemple, les extra-terrestres ! La Maison Blanche y croit dur comme fer. On sait que dans le budget 2004 de l'administration Bush, un passage est exclusivement consacré aux découvertes imminentes, qui auraient pu être faites en la matière. La soif d'être le maître du monde lui ouvre des portes et il est capable de se battre sur tous les fronts, sans négocier, sans réfléchir. Sa mission aux allures mystiques, le désigne comme celui qui doit protéger la paix contre le terrorisme.

L'estoumagade

PRÉPARATIFS DU VOYAGE.

La chaleur de l'été n'était plus qu'un pâle souvenir. La pluie et le froid se font l'écho de mon moral... La fée Clochette n'était pas rentrée et je faisais que tourner en rond avec mon problème qui maintenant occupait mon esprit en permanence.
Je me décidais d'agir, mais comment ?
Toutes les portes étaient fermées, aucune clé, sinon une peut-être le numéro inscrit sur le microfilm !
Ce numéro à 12 chiffres était certainement un téléphone étranger. Je n'arrivais pas à décrocher le combiné de peur des conséquences de ce geste. Je pris un café et je me rendis au golf.
La lumière étouffée par un épais brouillard, me donna la chair de poule.
L'idée de voir Robert, mon seul confident dans cette affaire me rassura. Il aura certainement une idée sur la question. Si l'on appelle ce numéro ensemble, ce sera quand même mieux. Je sentais l'adrénaline monter en moi.
Le salon du golf était désert à cette heure, pas une âme qui vive. Dehors un groupe de personnes s'équipait pour faire un parcours dans une ambiance cotonneuse.
J'appelais Robert en vain, personne ne répondait. Un garçon de salle prenant son service me dit qu'il ne serait pas là aujourd'hui.

L'estoumagade

— Merde ! me dis-je ?
De retour chez moi je pris mon courage à deux mains et j'appelais ce fameux numéro. Une voix féminine me répondit en anglais. Après quelques mots, la personne comprit qu'il valait mieux qu'elle parle français, ce qu'elle fit et sans accent de surcroît ! Après lui avoir expliqué le problème en général, je lui demandais si elle connaissait Victor ! La relation entre eux ne pouvait pas être plus proche. Cette voix métallique et lointaine était celle de sa sœur Paula.
Je lui parlais de Victor et de tout ce qui me trottait dans la tête, en vrac, elle me répondit que depuis quatre ans elle ne l'avait plus revu ! Le timbre chantant de sa voix me laissa penser qu'elle ignorait sa mort.
Au bout de quelques échanges, je lui appris le décès de son frère et les conditions de sa mort avec tous les détails.
Elle me posait tellement de questions, que finalement je lui retraçais toute l'histoire, alors qu'au départ il n'était pas question pour moi de lui dire toute la vérité.
Apprendre par téléphone les détails de la mort de son frère m'apparaissait un peu déplacé. De fil en aiguille, la confiance aidant, je lui crachais le morceau.
La nouvelle l'assomma un instant, « allo ? » je n'entendais plus sa voix puis elle se ressaisit et commença à me raconter son histoire et celle de Victor.
Cette fille avait une facilité déconcertante à se raconter soi-même sans retenue ni tabous.
Elle évoquait tour à tour, son enfance en Italie avec son frère, son départ aux USA à l'âge de douze ans, quand son père diplomate s'était vu proposé un poste d'ambassadeur au consulat d'Italie.

Après de brillantes études elle fut attirée par une carrière dans le journalisme, et devint secrétaire de rédaction au New Observer, puis critique littéraire.
Pendant la guerre du golfe, elle fût mobilisée dans les services de renseignements et avait accompli aussi des missions en Algérie occidentale. Elle m'apprit que son frère avait suivi le même chemin, avec un cursus sensiblement différent.
Lui, il s'était jeté corps et âme dans le combat pour la liberté et il était devenu grand reporter de guerre.
Il disait que l'image était le seul moyen pour véhiculer un événement sans perte de vérité. La pureté de son esprit et son absence de compromis dans tous les domaines l'avaient insensiblement amené dans une voie de garage.
Il était devenu acariâtre ne supportait plus aucune forme d'autorité.
Il avait même quitté son agence de presse, pour travailler en « free-lance » dans tous les endroits chauds du globe, des lieux où un reporter normal ne s'aventure pas.
Je ne comprenais pas ! Robert m'avait dit qu'il était chercheur, et le voilà maintenant grand reporter !
Je continuais à poser des questions à Paula.

— Que pensez-vous qu'il soit arrivé ?

— Je ne sais pas, mais je vais me donner les moyens d'y voir plus clair, je ne comprends pas ! Je suis sa sœur et je n'ai même pas été averti ! C'est hallucinant ! Comment a-t-on pu me cacher sa mort et pourquoi ?
Je prends un avion pour Marseille le plus tôt possible. On se retrouvera bientôt, contactez-moi dans deux jours au même numéro.

L'estoumagade

Cette conversation me rendit complètement impliqué. J'avais mis un doigt, maintenant j'avais le bras dans l'engrenage !
Une idée germait dans mon esprit, aussi absurde fut-elle, elle remplissait toutes mes pensées.
Je commençais à sentir les personnages et j'avais l'impression de connaître de plus en plus Victor, de faire partie intégrante de son histoire.
Avachi dans mon fauteuil, je regardais la télévision régionale. Je m'accrochais à des détails, comme la météo, essayant tant bien que mal de retrouver un certain quotidien.
Les actualités régionales sont souvent agrémentées d'anecdotes cocasses, qui donnent une proximité et une intimité aux événements.
Alors que mon relâchement physique dans mon fauteuil était à son comble, une image du golf de la Salette apparu à l'écran. Je me redressais. Intuitivement, je compris ce qu'il s'était passé avant que la journaliste relate le fait.
On avait retrouvé Robert, mort d'une overdose d'héroïne sur le parcours de golf. Son visage et son corps, comportaient des marques, mais le reportage s'arrêtait là !
Il n'était pas nécessaire d'être grand détective pour déduire que sa mort n'était pas accidentelle.
Ce dimanche 24 octobre était une journée particulière pour moi ! Non pas que je sois à l'orée de mes cinquante-trois ans (une paille), mais parce que je vais cueillir la fée clochette, ce fruit de la passion, à l'aéroport de Marignane.
Les quais d'embarquement respirent la joie des retrouvailles et la solitude des départs.
Des individus se pressent pour partir et l'on peut voir dans leurs yeux, des cocotiers, des îles perdues, des rêves d'ailleurs.

L'estoumagade

Loin de la foule je la vois !
La Fée Clochette est de retour ! Elle est minuscule, on dirait une fourmi dans le film « Microcosmos ».
Je l'appelle, elle vient ! Nous nous disons deux conneries, puis nous partons.
En voiture elle me raconte son voyage.
« Azur, émeraude, turquoise », sont les qualificatifs pratiquement obligatoires, pour définir Tahiti. Moi, je lui raconte le mien de voyage avec des mots comme « angoissant, déprimant, dangereux ».
Elle et moi n'avions pas mené le même combat, pendant ces trois semaines, c'était clair comme de l'eau de roche. Finalement à mon grand regret, mon histoire avait pris le pas sur la sienne. Elle était tout de suite intéressée par mon récit, mais elle se demandait si je n'aurais pas mieux fait d'aller voir la police et tout leur expliquer !
Je lui dis que maintenant c'est un peu tard pour faire quelque chose. Robert était mort et il savait quelque chose sur Victor.

— Je suis peut-être en danger !

Lui dis-je, avec un sourire sadique et en m'inspirant du SS tortionnaire de Dustin Hoffmann dans Marathon Man. « C'est sans danger ? » était la question récurrente que lui posait le SS armé d'une pince, avant de lui torturer une dent.
Il ne pouvait pas répondre à cette question, le SS, oui.

— Une personne peut savoir si je suis en danger. Je l'ai eu au téléphone, c'est la sœur de Victor. Je dois aller la chercher après-demain matin à Marignane !

À deux jours près j'aurais pu faire d'une pierre deux coups !

Quelle journée admirable me disais-je !

L'estoumagade

J'avais passé toute la matinée, étendu sur mon hamac, devant ma maison entre les deux palmiers qui me veillaient comme des soldats en faction. J'aimais ma maison. De mes fenêtres, je voyais le jardin, et en contre bas st Barnabé, et encore plus bas Marseille qui perçait le ciel de ses clochers gothiques dans l'air bleu du matin.
Je téléphonais à "Annix la fée" pour lui proposer de m'accompagner à l'aéroport.
– Demain 9 heures 30 à l'église, poupée ?
– D'accord Denix !

L'après-midi, je me suis senti malade comme un chien. Je me portais pourtant très bien ce matin. Je devais avoir une fièvre carabinée ou c'était peut-être simplement l'excitation fiévreuse de l'aventure.
J'avais la sensation d'une extrémité coupante, d'un danger menaçant ! L'appréhension que la mort approchait. Dans le doute, j'étais allé voir un médecin qui m'avait rassuré. Aucun symptôme alarmant mais une grosse fatigue intellectuelle qui me minait.
Le soir venu, pas d'améliorations constatées. J'étais totalement en « vrac », et je m'occupais par différents moyens pour éviter la surchauffe.
Je lisais mais sans comprendre les mots qui défilaient sous mes yeux.
Je marchais dans tous les sens, pour en trouver un.
La crainte du lit, sournoise, commençait son oppression. Je rodais tant et plus, pour donner au sommeil le plus de chance et me décidais à m'enfermer dans ma chambre après avoir verrouillé la véranda à double tour.

Mes gestes étaient contrôlés par une force extérieure qui me rendait paranoïaque. Je me couchais dans l'attente du sommeil, comme on attend le bourreau.

Je m'endormis enfin et me réveillais aussitôt la peur au ventre. Mon pouls battait la chamade, j'attendais quelque chose de violent, mes jambes frémissaient.

Je commençais à m'assoupir avec la sensation de bien dormir et voilà que ce que j'attendais arriva.

Sur moi, une ombre fondait, me regardait, me touchait. J'étais dans un état de catalepsie total. Mes membres étaient paralysés, je ne pouvais rien faire, une sorte de fatalité s'emparait de moi.

Je sentais des mains remonter mon thorax.

Elles me prenaient maintenant le cou en serrant de toutes leurs forces pour m'étrangler.

Des efforts affreux pour rejeter cet être, rien ni faisait ! Je ne pouvais pas ! Tout mon corps tressaillait et je me réveillais brutalement, tout seul, dans une marre de sueur.

Il était quatre heures du matin, je me levais, l'impression d'avoir fait un marathon.

Les yeux boursouflés, j'étais maintenant devant l'église, il était 9h 30.

— Hello Denix !

Me dit Annix, en me dévisageant drôlement.

— Tu boxes la nuit pour arrondir les fins de mois ?

Je ne trouvais ça pas très poilant !

L'aéroport de Marignane, 10h 30 une impression de déjà-vu. Nous attendions de pied ferme cette fameuse Paula qui devait arriver par le vol 42 352 de LA à 11h.

L'estoumagade

Elle me faisait part de ses impressions du moment.
– J'ai la sensation que nous sommes suivis, Denix !
– Ne flippe pas. Tout va bien se passer ! je dis à la fée.
– Ça y est, nous y sommes, les portes s'ouvrent !
Une nuée de gens s'écoulait littéralement des portes, comme l'eau qui éclate un barrage. Comment la reconnaître, j'avais une idée ! Son portable ! Je fis son numéro regardant dans tous les sens une personne téléphone à l'oreille.
Nous vîmes une étrange créature appuyée contre le mur des toilettes. Une intuition nous guidait, c'était elle !
Une grande bringue aux cheveux mordorés se grattait la tête en susurrant des « Allos » répétés. Elle ressemblait à une cigogne peint en rouge. Je lui fis un petit signe de la main, elle s'approcha de nous. Tout le monde se retournait sur elle. Moi qui pensais que la discrétion était l'apanage des espions en tout genre, je m'étais fourré le doigt dans l'œil !
Robe mi-cuisse en cuir fauve, bottes montantes, rousse crinière, maquillage marqué, elle aurait pu surgir d'une savane !

Le contraste entre "Gandalf et les Hobbits" du "seigneur des anneaux" était approchant, elle était gigantesque et nous ridiculement petits !

Les présentations faites, nous partîmes vers Marseille. Elle avait réservé une chambre au Sofitel du Pharo pour une durée indéterminée.
Le lendemain soir nous avions mangé chez moi.
Devant une assiette de pâtes, le silence avait donné la mesure de la situation.

Entre deux bouchées, nos regards se croisaient entre nous trois, d'un air de dire « vas-y, parle ! » Paula, la première rompit le contact visuel. Tête baissée, elle se leva et partit vers les toilettes. Je regardais Annix, elle dormait presque.
— Tu es encore fatiguée par le voyage ! Encore !
— Oh, ça va ! je me suis assoupie.
— Écoute, il est absolument indispensable que nous nous concertions pour adopter une stratégie en face d'elle si l'on ne veut pas être totalement ridicule.
On resta un long moment, seuls, tous les deux dans la véranda, attendant Paula.
— Tu ne vas pas flipper maintenant, alors que nous sommes engagés dans une cause qui concerne le monde entier ! me dit Annix d'un air de tout savoir.
Quand Paula revint s'asseoir, son visage était plus détendu. Elle nous posait des questions sur tout, sur notre vie quotidienne, sur nos distractions diverses. Elle était curieuse de savoir à qui elle avait à faire et avait vite analysé ou plutôt évalué la taille de notre conscience politique proche du néant !
Ce qui ne lui posait pas le moindre problème, bien au contraire. Elle n'aurait pas pu entreprendre une enquête dans des milieux politiques, en ayant deux chaperons à ses côtés, qui auraient des idées à l'encontre des siennes, sur le moindre événement.
Elle était absolument certaine de ses intuitions et si l'on voulait continuer ensemble, il n'y avait pas de place à la discussion.
Elle nous mit les points sur les « I », dans une forme autoritaire et sans appel !
Paula avait un plan.

L'estoumagade

Elle nous expliquait que l'action qu'elle voulait mener n'était pas sans danger et cette bonne rousse nous donna le choix ou de nous retirer de cette aventure périlleuse ou de l'aider sans compromission.
Annix et moi, l'œil rond et hagard, lorgnions cette Barbare la réincarnée. Nous étions hypnotisés par sa verve !
Nous nous trouvions mêlés dans une étrange affaire d'espionnage où les autorités compétentes n'étaient même pas invitées sans que cela nous pose le moindre problème.
Notre grain de folie, et cette nouvelle sympathie pour Paula avaient battu la raison au profit d'une inconsciente irrationalité.

— Nous sommes avec toi Paula !

Dit Annix tout en me regardant, comme si cette décision avait été prise par nous deux.

— Tu ne t'emballes pas un peu trop, fillette ! Deux personnes mangent du sapin, à l'heure qu'il est, et je n'ai guère envie d'être le suivant ! d'autant plus que comme résineux, je préfère la « ganja ».

J'éprouvais le besoin de faire un peu d'humour, pour relativiser les choses.
Après une argumentation d'un autre monde, je me ralliais à cette cause dont la gratuité de notre part était vraiment totale, ou presque !
Annix pensait qu'un exil dans un monde romanesque et aventureux lui serait bénéfique. Elle se sentait étouffée par la vie quotidienne, et elle supputait que ce voyage la libérerait de ses frustrations.
Pour moi une de mes motivations était de retrouver l'assassin de Victor, ensuite le regard insondable de Paula qui me

fascinait. De Paula, il y avait aussi ses seins lourds qui pesaient certainement sur la balance.

Justement, la balance avait son fléau et les démocraties avaient le leur : Le terrorisme. Cette inhumaine façon de combattre, si toutefois on pouvait trouver de l'humanité dans les combats !
Paula avait décidé nous débriefer sur le sujet.

Maintenant j'avais la sale impression qu'Annix était une sorte d'espionne « en sommeil », en sommeil profond !

Bien souvent elle restait dans le domaine de l'idée, au lieu de faire face aux situations et de passer à l'acte.

Elle attendait inconsciemment la phrase clé qui la sortirait de sa torpeur.

Pour Blanche Neige le baiser du prince charmant lui redonna vie. Annick, elle, se réveilla par un autre baiser, celui d'une aventure qui sentait la poudre. Elle était totalement envoûtée par une histoire qui sentait le roussi.

La sensation de partager quelque chose de fort entre nous, était peut-être la seule raison de notre aventure.

Victor était mort, et malheureusement on n'allait pas lui rendre la vie.

Les jours suivants passèrent dans une affligeante lenteur. Paula avait besoin de réfléchir et elle partit vers son hôtel en nous faisant un petit signe de la main !

Deux jours après elle était de retour comme convenu, elle avait réfléchi !

– Je vais avant que nous partions vous exposer les problèmes :
Je suis persuadée que les élections américaines sont liées à la mort de mon frère. Déjà il faut savoir qu'il existe des groupuscules de pression anti-bush, qui ne sont d'ailleurs pas

forcement pro Kerry et pour lesquels tous les coups sont permis.

La CIA, elle, contrecarre ces actions et s'évertue à réhabiliter par l'intermédiaire des médias l'image de George Bush.

Tassée sur sa chaise, les bras pendant de chaque côté du siège, le regard absent, Annix était visiblement écrasée par l'évènement.

Il était vingt heures 30. La nuit avait teint jusqu'à la lisière de la véranda, une macabre et soyeuse fresque de suie qui faisait disparaître les formes du passé. Malheureusement la nuit n'effaçait pas tout.

Je me levais pour me dégourdir les jambes.

Le sac de Paula était resté sur le dossier de la chaise, il était ouvert. Je m'approchais. Entre les tubes de maquillage et des mouchoirs, la crosse d'un revolver apparaissait.

C'était un Glock 38, tout en plastique. Je savais par les films d'espionnage que j'avais vu, que cette arme était indétectable aux rayons X .mes références dans l'armurerie s'arrêtaient là !

Paula était donc venue en France avec des intentions pétantes.

Quand elle revint des toilettes, elle commença à nous dresser le tableau géopolitique, très détaillé, regorgeant d'anecdotes sur les accords entre les pays. Elle nous racontait en vrac des tas de choses. Elle nous dit toujours sur le même ton professoral que le 11 septembre n'était pas seulement le jour anniversaire de l'attentat des tours jumelles, mais aussi la date commémorative par la gauche du monde entier, du coup d'état de 1973 au Chili. Celui qui renversa Salvador Allende !

Peut-être, pour nous faire comprendre que l'on peut toujours associer un événement à un autre, sans qu'il n'y ait forcement de lien.

Elle continuait. Après les attentats du 11 septembre 2001, où des avions civils pleins de kérosène avaient percuté le World Trade Center, beaucoup de gens pensaient que l'état de guerre serait proclamé.
L'opinion publique américaine était ainsi pour le président Bush, le bâton du berger qui veille à ses brebis !
Du pain béni, pour un homme qui ne l'était pas moins.
L'énergie mécanique engendrée par cette catastrophe se transforma sans perte de rendement, en énergie patriotique. Al Qaida avait revendiqué ces attaques et tous les américains avaient été touchés dans leur chair. Comment ne pas devenir mégalomane quand on est soutenu par tout un peuple. Le problème était dans la suite à donner au conflit.
Des espions américains en Irak subodoraient une rétention d'armes chimiques dans des bunkers.
Paula nous raconta, que son frère avait fait partie de ces missions au fin fond de ce pays.
Il travaillait en double avec un photographe américain de nationalité Irakienne. Tous les deux au péril de leurs vies, ont photographié ce bâtiment, en pensant être accueillis comme les sauveurs de l'humanité, à leur retour aux USA. Malheureusement les choses se sont passées autrement. Ils ont pu passer à travers les mailles des services secrets Irakiens, mais ils n'avaient pas supposé un seul instant, que l'ennemi pouvait être ailleurs.
Le photographe qui travaillait avec Victor s'appelle Khaled Dinah, je l'ai connu à l'université. C'est un homme qui relève d'une mémoire assez prodigieuse et d'un sens aigu de la synthèse. Il peut retenir des choses complètement absurdes tout en discutant d'autre chose.

L'estoumagade

On se marrait souvent avec mon frère. Quand nous rentrions dans un bar, par exemple, d'un coup d'œil circulaire il pouvait nous dire avec précision les caractéristiques physiques détaillées des clients, comme une machine à scanner des documents, sans aucun effort, sans d'état d'âme. Victor et moi, étions sidérés par ses prouesses. En première année de faculté il fut remarqué par des représentants de la CIA toujours en quête d'agents potentiels. Le deal entre lui et eux était simple. S'il collaborait au sein d'une équipe d'agents, il percevrait une bourse jusqu'à la fin de ses études. Ces bourses sont extrêmement bien ciblées, sur des professions considérées comme stratégiques.
Beaucoup d'étudiants étrangers vont dans les universités américaines pour ça !
À un premier niveau, ils apportent leurs connaissances à la production universitaire. Ceux qui parviennent au deuxième niveau ne retourneront pas dans leurs pays d'origine à la fin de leurs études et continueront à enrichir intellectuellement un laboratoire de recherche, ou une entreprise américaine.
À un troisième niveau, un certain nombre d'agences américaines, comme la CIA, recrutent dans les facultés et renvoient ou non ces étudiants dans leur pays d'origine pour s'en servir comme source d'information ou d'analyse.
Paula souffla un peu ! Elle sentait nettement que notre attention diminuait comme une peau de chagrin.
Il était 23 heures, pour Annix et moi la date de péremption était dépassée, en ce qui concernait notre vivacité d'esprit. Elle reprit son exposé après une rasade de Bourbon, et vint au but.
Khaled m'a téléphoné il y a un mois environ, me donnant des nouvelles d'Irak. Il était inquiet de la tournure que prenaient

les choses là-bas. Victor, lui avait dit qu'il avait débusqué un secteur totalement inconnu, à force de sillonner les pistes à longueur de journée. Il ne lui en a pas plus dit !
Tout ce que je sais, c'est qu'il est traqué par une milice dissidente, il a pu quitter le pays par miracle et maintenant il se cache en France en espérant une accalmie.

— Alors Khaled apparemment ne connaît pas l'existence du microfilm !
Dis-je.

— Perspicace ! me répondit Annix, d'un ton narquois.

— Bon ! Il faut retrouver Khaled, au plus tôt, j'ai tenté de le rappeler en vain à son numéro, lui aussi doit être en danger. Le point positif pour nous c'est qu'il a subi il y a peu une intervention chirurgicale à l'hôpital de la Conception à Marseille. On peut, peut-être retrouver sa nouvelle adresse à partir de là ?

— Qu'en penses-tu Annix ? Peux-tu t'en charger ?

— Ce n'est pas aussi simple que ça, mais je veux bien essayer !

— Bien pendant ce temps je vais m'occuper des formalités dans le cas où on devrait partir en Irak.

— Quoi, Paula ! En Irak ?

— Oui, et le plus fort c'est que nous serons les premiers à voler sur Bagdad depuis l'inactivité de l'aéroport Saddam !

— Pourquoi il était fermé ?

— En raison de l'embargo qui a sévi, à cause de l'invasion du Koweït en 1990.

— Pour l'instant, il faut trouver l'adresse de Khaled sans tarder. Il est certainement aux abois, et je pense qu'une fois opéré, il va vouloir retourner dans son pays !

— Travailler en Irak nécessite une énorme disponibilité que nous n'avons pas et l'attente des visas peut durer des semaines, voire des mois ! dit Annix.
— Je m'occupe de tout !
Dit Paula en soupirant.
Annix faisait des ronds dans la pièce en tirant comme une forcenée sur sa cigarette. Le déplacement d'air entraînait un nuage de fumée, qui donnait une sensation d'inertie réflective, comme une locomotive à vapeur s'arrachant d'une gare dans la fureur et dans le bruit.
Elle s'arrêta un instant comme si elle avait oublié quelqu'un sur le quai, expira lentement la dernière bouffée tout en nous observant. Elle avait certainement compris que nous-même, l'observions curieusement et que l'image de la locomotive lui collait bien dans la situation. La personnalité fonceuse d'Annix avait revêtu l'étrange carénage d'un monstre ferroviaire.
« Terminus, tout le monde descend ! » dit-elle, dans un "stridulement" de cigale.
Nous la regardions, ébahis par l'incongruité de la scène.
— Eh ! Oh ! Réveillez-vous, moi aussi j'ai une image pour vous !
« Des vaches qui regardent passer un train ». Nous, répond Annix vexée.
Finalement je m'aperçois que l'étonnement est contagieux et relatif. On se surprend nous-même sur des cocasseries comportementales, alors que le fait d'être dans un pétrin épouvantable nous passe au-dessus de la tête.
— Laisse toi porter, Annix ! aujourd'hui c'est moi la locomotive, accroches toi derrière moi ! Denix sera le dernier wagon. Moi, je donne la puissance au convoi, mais c'est vous

qui me nourrirez en combustible. Nous sommes ensemble les maillons d'une chaîne qui nous amènera à trouver la solution à ce problème. Affublée d'un petit rictus rieur, d'un petit mouvement de tête de haut en bas, elle acquiesçait sans mot dire, notre décision.

Quelques jours plus tard on attendait avec fébrilité les résultats des investigations d'Annix à l'hôpital.
Elle avait eu du mal pour pénétrer dans le service concerné, c'était un secteur fermé où l'on traitait des maladies rares.
Heureusement grâce à sa faconde naturelle et son dynamisme, elle put glaner avec ses petites mains « french manucurées » les informations nécessaires à notre enquête.
Nous étions contents dans l'absolu, d'avoir bouclé les prémisses de l'enquête. En revanche, ce qui nous plaisait moins, c'était notre départ imminent pour Bagdad, car Khaled était reparti dans son pays après son opération.
Annix a su que son traitement n'était pas terminé et que des médicaments lui étaient expédiés, donc l'adresse qu'elle avait eue ne pouvait être que la bonne.

L'estoumagade

LE DEPART

Quatre valises bourrées à mort, nous partîmes avec la conviction d'un spermatozoïde qui veut atteindre son ovule par tous les moyens. Nous étions lancés d'un jet, vers notre destin.
L'avion était bondé et une odeur rance imprégnait l'atmosphère. Des effluves corporels libéraient un savant mélange d'odeurs interraciales et l'on pouvait presque deviner l'origine de chacun des passagers de ce vol.
Malgré tout, une fragrance orientale prédominait, entre le chiche kebab et le couscous.
Nous étions serrés tous les trois comme des merguez, Annix et moi avions le cœur au bord des lèvres.
Seule, Paula n'avait pas l'air affectée par cette promiscuité odorante. Moi, j'étais en proie à une exsudation importante qui me faisait ressembler à une grosse éponge prête à être essorée.
Annix continuait à faire ses mots croisés dans un apaisement digne d'un moine Tibétain. Par les hublots on commençait à discerner au lointain des minarets et autres mosquées dans un halo de poussière. Ça me faisait penser à ces petites boules de verre aux particules de neige en suspension, que l'on ramène de voyage.

L'estoumagade

Au centre de l'avion deux passagers de type européen, le teint pâle étaient vêtus de djellabas, ce qui attira notre attention comme un aimant. Nous étions polarisés, hypnotisés par ces hommes. Par moment nous avions l'impression d'être épiés par ces individus patibulaires dont la discordance de leur allure faisait planer le doute.
Annix me dit à ce propos :
— Denix ! Tu affabules ! On est en plein ciel mon beau, les angoisses te reviennent et tu recommences !
— Je recommence quoi ?
— Tu recommences à transpirer. Je n'en peux plus, tu devrais aller te changer la chemise, tu transpires trop !
— J'ai une idée ! Pour libérer ton esprit, tu vas passer auprès de ces deux voilures humaines et tu vas tomber cette pipe !
— Elle me tendit l'objet dans la main et m'expliqua la suite ! J'acquiesçais en riant bêtement.
Mon pas était contrarié par les turbulences qui secouaient la carlingue.
Quand j'arrivais devant eux, d'un geste maladroit, je lâchais la pipe juste à côté du pied du plus grand des deux individus. L'homme m'interpella tout en ramassant mon objet, et me dit doucement dans un Français parfait :
— Monsieur ! vous avez perdu votre pipe !
Je le remerciais en allant prestement aux toilettes pour me changer. De retour en repassant devant eux, je leur dis :
— Merci pour la pipe !
D'une voix si forte que tous les passagers se retournèrent ! Certains pouffant de rire derrière leur siège. L'homme en question ria bêtement, et je compris aussitôt que celui-ci connaissait notre langue, mais pas ses populaires subtilités.

L'estoumagade

La déduction de cette mise en scène ne nous renseigna pas vraiment sur la nature des présumés espions.

C'est vrai, que si j'avais l'esprit un peu plus tranquille, c'était vraiment que d'un chouilla !

Nous avions Annix et moi, la perception de plus en plus tenace d'être l'épicentre d'un séisme dont Victor était le foyer.

Ce milieu nous conditionnait à faire des actions complètement absurdes, comme celle-ci.

Paula, quant à elle, avait déjà scruté l'ensemble des passagers. Sans aucune expression, les images qui lui arrivaient étés pourvus de critères et de signaux, que seules des personnes bien entraînées sont capables de renseigner.

La personne dont Paula nous parla discrètement, était un homme placé au deuxième rang derrière nous. Il était tout chétif, avec un trench-coat bien dégueulasse et un chapeau qui lui cerclait le front comme une frette sur une barrique. Une moustache fine rehaussait une lèvre supérieure charnue.

Il était assez quelconque. Peut-être un homme d'affaire, un cadre moyen. Du moins le pensait-on, avec Annix.

À l'annonce de l'hôtesse, toutes ceintures bouclées, nous amorçons notre descente sur Bagdad.

L'arrivée sur la piste de l'aéroport Saddam était imminente et pour nous cette descente symbolisait plus l'enfer qu'autre chose.

L'estoumagade

BAGDAD

Nous sommes dans Bagdad. Capitale de 5 millions d'habitants et à peine moins étendue que New York.
L'hôtesse nous voyant un peu perdu, nous fait un petit topo de la zone : « Vous voyez à partir de là et dans un rayon de 10 kilomètres, nous avons trois aéroports, six palais présidentiels, une gare, un centre de télécommunications, juste en dessous de nous le QG du parti Baas ainsi que la raffinerie de Dawrah et d'une kyrielle de casernes.
Nous, on s'en fout ! Mais à un point que c'est rien de le dire !
Nous traversons le tarmac brûlant vers le bâtiment de l'aéroport.
Après des formalités d'usage passées comme une lettre à la poste, certainement grâce à notre statut d'aide humanitaire, nous nous engageons dans cette ville où tout le monde court après quelque chose.
Dans la confusion des enfants se disputent un carton de bouteille d'eau minérale dont le prix vient de doubler !
D'autres personnes sont en quête de besoins vitaux, comme des médicaments ou des denrées de première nécessité.
Bagdad met en caisses, emballe, déménage. Dans les magasins

L'estoumagade

aux vitrines brisées, le pillage est de mise et les profiteurs de guerre dans le marasme de la situation, font main basse sur tout ce qui est négociable.
Le marché noir et le troc sont devenus monnaie courante.
Nous, nous engageons maintenant dans la rue Arrassat, après avoir parcouru un bon kilomètre dans la fange et le chaos.
Brusquement, les choses étaient différentes, le passage d'un quartier à un autre apportait son lot de surprises.
En effet des boutiques élégantes fleurissaient à droite et à gauche. Les femmes n'étaient plus voilées. Bijoux, parfums de Paris, vêtements de marques occidentales devenaient presque ostentatoires.
Il faut dire que nous étions arrivés à Mansour, le quartier résidentiel de Bagdad, où habitait Khaled Dinah.
Nous faisions le pied de grue devant sa porte quand tout à coup, Annix se plaignit d'une douleur au pied.
Je lui dis bêtement :
— Qu'as-tu la Fée ! Bagdad en tongs, c'est pas le pied ! hein ?
— Arrête de faire le con, Denix ! J'ai dû marcher sur un tesson de bouteille. Tu peux regarder s'il te plaît !
Je me trouvais en face de « la momie ». Un être qui se régénère perpétuellement, fait de peaux mortes et de corne et qui vit sur le gros orteil du pied droit d'Annix.
Je descendais mon regard vers le talon, j'y distinguais une petite boursouflure rosâtre, couperosée.
Je m'approchais de plus près et à ma grande stupeur, je retirais une petite aiguille à peine plus grosse qu'un dard. Le temps de montrer cette banderille à Paula qu'Annix était parti dans un

délire hallucinatoire. La grande rousse sonna avec insistance et Khaled nous ouvrit enfin.

Les retrouvailles de Paula et de Khaled étaient émaillées par la gravité de la blessure d'Annix, qui criait à tout rompre des phrases extravagantes.

Je la connaissais extravertie mais là, c'était différent, elle était vraiment en état de choc.

— Putain on s'est embarqué dans une galère !

Dis-je en montant Annix dans mes bras jusqu'à l'appartement de Khaled. Je la sentais partir, je la secouais. D'une frayeur mortelle, je lui criais « Reste avec moi, ne t'en va pas… »

Elle me répondit en susurrant du bout des lèvres « je t'offrirai des perles, des bijoux… » Je compris alors qu'elle commençait à reprendre ses esprits.

L'appartement de Khaled était sobre et spacieux. Je me dirigeais vers un canapé pour installer Annix, qui n'était pas très vivace.

Khaled pris la décision qui s'imposait après avoir minutieusement désinfecté la plaie. Il alla chercher une seringue et lui administra un liquide aqueux, dont la composition nous était inconnue.

Le pouls était rapide, des gouttelettes de sueur s'amoncelaient organisant de petits ruissellements sur son visage lisse.

Khaled avait un véritable arsenal pharmaceutique, antalgiques divers, antipoison, morphine etc.

— La piqûre de votre amie n'est pas anodine !

Dit Khaled.

— On cherche à vous éliminer en douceur, les uns après les autres. Si je ne lui avais pas injecté cet antipoison, elle serait morte à l'heure qu'il est !

— Vous avez été suivi, la personne qui lui a planté cette fléchette connaît maintenant mon adresse.
Annix reprenait peu à peu des couleurs.
Cet environnement empoisonné me rappelait une lecture que j'avais faite sur « Science et Vie ». Dans un laboratoire aseptisé, un groupe de chercheurs travaillaient pour le compte d'une puissance, qui n'était pas forcément un pays mais plutôt une communauté d'intérêts de type mafieux.
Soutenu par un état dictatorial du tiers monde, ce laboratoire avait mis au point une technique qui permettait d'introduire dans les chromosomes du « boletus edulis », autrement dit du cèpe, des gènes qui lui faisaient produire des toxines mortelles le rendant cent fois plus dangereux que l'amanite phalloïde. Je ne sais pas vraiment pourquoi je pensais à ça, c'était complètement loufoque.
Ce champignon génétiquement modifié avait en outre le pouvoir d'empêcher l'apparition de ses congénères en transformant la composition chimique du terrain sur lequel il vivait. Cette transformation du sol détruisait le mycélium des espèces saines, par l'altération de leur fonction reproductrice.
Un seul de ces individus d'un type nouveau devenait, pour les cèpes ordinaires, un territoire hostile et, en quelques générations, une forêt contaminée par la nouvelle espèce devait devenir l'habitat exclusif de ces spécimens vénéneux.

Pendant que je délirais sur la botanique, Khaled nous expliquait sa relation avec Victor.
— Mon ami, et moi-même avions eu vent d'un endroit près de la frontière Pakistanaise, un « no man's land », une enclave entourée de hautes montagnes.

— Un matin, Victor est parti seul et a retrouvé cet espace perdu. Il fut surpris d'y voir quelques bunkers disséminés. Jusque-là il n'y avait pas de quoi fantasmer sur la vue de bâtiments quelconques et habituels dans ce pays.

— Il était environ à 1 kilomètre de la cible sur le contrefort d'une colline. Il sortit son attirail de photographe, trépied, téléobjectif, et commença à jauger la cible à travers son appareil-photo. Le pouvoir grossissant de celui-ci le ramena à une centaine de mètres des tumulus. La vision était surréaliste d'après lui. On aurait dit un film de science-fiction ! m'avait dit Victor. Des hommes en combinaisons blanches complètement hermétiques, sortaient des abris. Ils transportaient de petits conteneurs, sur des chariots mobiles, vers un entrepôt situé à quelques mètres du bâtiment principal.

Il fit quelques photos, lorsque dans son objectif, il vit un homme pointant un doigt dans sa direction. Une agitation moléculaire gangrenait le site. Maintenant, un groupe s'était formé et une voiture démarrait dans sa direction.

Victor depuis ce jour n'a plus eu de repos. Il a été traqué sans répit depuis des mois, me donnant des nouvelles que par téléphone. Il ne voulait pas m'impliquer dans cette affaire.

— Ce qu'il n'avait pas compris, c'est qu'il était poursuivi par des Irakiens, mais aussi par ses compatriotes !

— Après une recherche de ma part auprès de connaissances, introduites dans les milieux de l'ex parti BAAS, je fus renseigné sur le fond de cette affaire. Un accord avait été trouvé entre le pouvoir Irakien et un groupe d'émissaires américains envoyés en Irak pour faire état d'armes de destruction massives. Le deal proposé par les Irakiens était le suivant :

— Attendre la fin de l'élection présidentielle pour propager la nouvelle, concernant la présence d'armes chimiques sur le sol Irakien.

— Dans le cas contraire, une bombe chimique déjà installée, serait prête à inoculer la peste d'une forme très contagieuse, dans une ville des États-Unis.

— Le pouvoir Irakien dont l'aversion chronique pour le président Bush était à son apogée, surtout après cette guerre et son après-guerre, interminables.

— Les Irakiens pensaient que le fait de passer sous silence, l'existence d'armements chimiques, ferait à coup sûr, perdre les élections à Bush.

— L'opinion publique serait plus encline à penser, que Bush avait mené une croisade personnelle et que finalement son électorat se tournerait vers celui de J. Kerry.

Les moyens de pression du régime de Saddam, même si celui-ci n'est plus officiellement à la tête du pays, sont encore redoutables. Les émissaires américains, après une concertation de plusieurs heures avaient conclu un accord tacite qui entérinait le projet de différer la nouvelle qu'après les élections.

— Victor et moi travaillions en « free-lance » uniquement pour le compte de la CIA.

Je m'infiltrais facilement dans tous les milieux Irakiens, moi-même étant du pays et j'avais décidé sur le moment, quand j'appris la nouvelle de la fuite de Victor, de me renseigner sur l'identité des émissaires qui avaient scellé cet accord.

— Après une courte investigation, je m'aperçus que tous les membres du cercle avaient été choisis, suivant des critères de moralité au-delà de tous soupçons.

L'estoumagade

J'avais un doute sur une personne que j'avais rencontré en couvrant la guerre en Afghanistan, et qui ne correspondait pas du tout au profil des autres émissaires du groupe. Il était à l'époque, le chef d'un groupe armé, dont les motivations étaient purement vénales.
Il s'enrichissait sur le dos des combattants et sa guerre n'était certainement pas idéologique. Cet homme avec son sempiternel chapeau de feutre jaune paille, vissé sur son crâne d'œuf, son costume en Tergal, provoquait en moi, une sorte de dégoût permanent ! Comme l'impression d'avoir mangé un plat avarié. Une boursouflure sur sa joue gauche lui faisait ressembler à un caméléon en pleine mutation.
Sa petite moustache, ses grosses lèvres violettes et ses yeux globuleux m'impressionnaient. J'avais eu la première fois que je le vis, la sensation d'être en train de tourner dans un film d'horreur.
Il s'appelle Gérard Mansov. C'est cet homme, qui a probablement commandité le meurtre de Victor, s'il ne l'a pas tué lui-même !
Victor était donc pris entre deux feux, d'un côté les Irakiens qui le pourchassaient pour des raisons normales compte tenu de la situation, de l'autre côté Gérard Mansov, et sa horde de rebelles. Celui-ci ayant appris une fuite du secret symbolique passé entre les Américains et le pouvoir de Bagdad, mit tout en œuvre pour cibler l'identité de Victor, ce qui apparemment a bien réussi.

— Excuse-moi Khaled de t'interrompre !

Dit Annix, d'un ton mystérieux. Nous étions contents de voir Annix se frotter de nouveau, à notre dure réalité.

— Je t'en prie ! Répondit Khaled.

L'estoumagade

— La description de cet homme me fait penser à ce monsieur dont Paula nous a montré dans l'avion !
— C'est lui ! Catégorique !
Dit Paula, fière d'avoir pressenti ce personnage, avant tout le monde.
— Il a dû nous pister depuis le début, après la mort de Victor, le Golf, la mort de Robert d'une overdose. Toutes les personnes mêlées de près ou de loin à ce pauvre Victor, finissent inéluctablement six pieds sous terre.
— Mansov doit penser que nous détenons le microfilm, et je ne serais pas surprise que la piqûre d'Annix soit son œuvre ! Ah je le maudis ce mec !!
Dis-je.
— Il a failli lui faire passer l'arme à gauche ! Putain !
— Récupérez vos affaires, on doit partir maintenant !
Dit Khaled.
— On va sortir par la porte de derrière, qui donne sur la cour.
Je devenais de plus en plus sensible, irritable. Je me rendais compte que ma « mue » psychologique était derrière moi, avec son cortège de certitudes en tout genre.
La conscience d'être et d'avoir été n'avait jamais été aussi présente en moi, je me sentais vivre comme jamais !
Je savais peut-être que le destin avait « la main » dans cette partie. C'est vrai, ma mue était là, par terre, toute recouverte des miasmes du passé.
Je l'avais inconsciemment concrétisé comme un ectoplasme, qui naît de la misère de l'âme humaine.
Je n'étais pas certain qu'Annix se soit totalement libéré de son carcan "socioculturel".

L'estoumagade

– Que dire de sa mue !! Pour l'instant, elle aurait plus besoin du SAMU !

Me dis-je ! En roucoulant comme un ramier de Mazargues.

L'atmosphère de l'appartement de Khaled était de plus en plus agréable, au fil du temps. Annix avait recouvré tous ses esprits, et commençait à nous dépeindre sa vie avec le pinceau surréaliste de Dali ou de Miro.

Elle arrivait à capter l'attention de son auditoire, comme la lampe attire le papillon. Sa force, sa tonicité du langage, son phrasé aux trémolos aillés, sa verve épicurienne, son sens de la dérision, faisait fondre son personnage quand elle le voulait, dans une figure mythologique : un JEDI peut être !!!

Les barbouzes étaient là, c'était palpable. Comme Paula, on commençait à intégrer des signaux sous une forme primaire, pré cognitive, comme la gazelle dans la Savane flaire le danger à des kilomètres.

Comme elle, il fallait partir au plus vite quitter cet endroit, pour échapper aux griffes de la bête que l'on avait un peu trop chatouillée.

Khaled avait sorti ses jumelles et balayait la rue par la fenêtre entrecroisée. En montant la rue, il vit à une centaine de mètres, la figure patibulaire de Gérard Mansov.

Il était attablé à un Estaminet de fortune entouré de quatre personnes de type oriental, qui de toute évidence attendaient le moment propice pour se jeter sur nous !

La porte de la cour s'ouvrit sur une ruelle grouillant de monde. On n'était apparemment pas suivi. Nous marchions, serrés tous les quatre, dans cette rue encombrée. L'heure n'était pas à l'agoraphobie, ni aux visites touristiques, pourtant nous passions devant un magnifique tumulus orné d'arabesques en

L'estoumagade

pierres blanches : « La victoire ou le martyre », qui ne pouvait laisser indifférent.
Khaled se dirigeait dans les rues de Bagdad, d'une manière automatique.
On dépassait le ministère de l'information, en direction du Tigre. Au moins deux kilomètres de marche rapide, depuis que nous étions partis. Des paraboles dressaient leurs épines dans tous les sens, au-dessus de nous.
Une grande antenne de relais télé, était protégée par une batterie de DCA plantée sur un monticule près du grand pont qui traversait le fleuve. Les canons protégeaient les points stratégiques.
La traversée du pont, nous apporta une sorte d'euphorie collective.
Surtout pour la « Fée clochette » qui se mit à danser et chanter « sur le pont d'Avignon…. », avec un frénétique tourbillonnement de joie communicative.
Khaled interloqué me lança un regard interrogatif sur la santé mentale de la Fée.

Je lui dis qu'il fallait voir le bon côté des choses, que la nature optimiste d'Annix était pour nous un gage de réussite dans notre entreprise de recherche. Elle relativise les problèmes sans les minimiser, et nous apporte l'équilibre issu de la détente.
— Je pense qu'il n'y a pas de conduite particulière à avoir. Toi Khaled tu fonctionnes d'une manière et Annix fonctionne autrement, et même si tu es plus expérimenté que nous, la raison ne t'appartient pas totalement. Cette dualité entre le bien et le mal laisse tomber, lâche toi, met un peu d'eau dans ton vin, du yin dans ton yang.

— Je crois que je commence à dérailler, excusez-moi ! Je deviens, de plus en plus compliqué, en fait, pour dire que pour bien réfléchir, il faut être « zen ».

Khaled estomaqué par ce discours débile, me regardait d'un œil oblique. Après cet aparté bouffonesque nous reprîmes notre marche vers une colline dénudée.

L'arabe du groupe voulait avoir une vue dégagée sur la vallée, pour pouvoir guetter plus facilement l'arrivée éventuelle de nos poursuivants.

Il s'avérait nécessaire de pouvoir nous reposer de cette déambulation dans le désert, fatigante et soutenue, pour faire un point de la situation.

Tous les quatre assis en tailleur, nous élaborions un plan stratégique sur les événements à venir.

Paula prit la parole, la première :

— Bon, nous avons ce fameux microfilm qui nous brûle les doigts maintenant. Je suggère qu'Annix soit la mère porteuse de cet embryon de liberté et de vérité.

— Je suis totalement d'accord !

Dit Annix avec une conviction démesurée. Elle continuait :

— On doit remettre ce document ! mais à qui ? ces clichés sont une preuve quasi irréfutable, mais à qui les donner ! À la CIA peut-être, mais par quel biais ? Vous savez, Denix et moi-même sommes de simples individus embrigadés dans une affaire d'espionnage qui nous dépasse alors pouêt-pouêt !

— Ce serait agréable que Paula et toi Khaled, à la place de vous ignorer avec une force que la raison échappe, vous vous concertiez un peu ! Parlez-vous plus souvent, pour trouver des ouvertures et nous sortir de ce « putain » de merdier infâme !

Dis-je à mon tour.

L'estoumagade

— Il faut d'abord sortir du pays, pour trouver une sorte de neutralité, ce qui nous permettra d'avoir les coudées franches, sans la contrainte des instances locales ! Invectiva Khaled.
— Je pense que le pays le plus accueillant dans notre situation géographique serait éventuellement le Koweït ou l'Arabie Saoudite.
Ce sont les deux pays pour lesquels, l'Irak a mené une guerre invasive. L'Iran et le Pakistan sont plus proches, mais moins hospitaliers. Je pencherais pour le Koweït peut être !
Dit Paula.
— Si vous comptez faire le tour du monde en 80 jours, c'est sans moi ! Toi, Denix, on voit que tu ne travailles pas, évidemment ! Tu fais la roue, tu pérores ! Tu te prends pour un paon, pour un espion de basse-cour. Bon, ça va, l'hôpital attendra ! Vous m'avez convaincu. Je suis d'accord, je continue avec vous.
Dit Annix.
— Khaled tu as la même vue que moi sur l'endroit où nous pourrions être reçu sans être rejeté ?
Dit Paula.
Khaled d'un mouvement d'approbation et dans une certaine suffisance, nous fit part de sa décision par un hochement de tête monacal. C'est vrai que cet homme avait dans son attitude quelque chose de bizarrement mystique.
Il pensait comme Paula que le meilleur moyen pour quitter le pays était de rejoindre le Koweït, sous peine d'être récupéré par cet enculé de Gérard Mansov et de ses sbires.
Tout à coup près d'un rocher de granit rose, à proximité du Tigre, apparu ledit personnage répulsif, comme sorti de nulle part.

Nous ne pouvions pas leur échapper ! Déjà les acolytes du gluantissime espion nous encerclaient et menaçaient de nous tuer si nous bougions.

Ils étaient bardés d'une artillerie ultra sophistiquée, et nous tenaient en joue sans état d'âme, et sans passion.

Nous tirer une balle entre les deux yeux ne leur poserait pas, a priori un problème moral profond.

Le premier guerrier certainement d'origine irakienne n'était certainement pas né au Groland. Nous n'étions pas à Vichoume ici, mais sur un glabre mamelon saupoudré de pigments ocre et planté d'une végétation singulière, au métabolisme ralenti par la sécheresse et habituée à l'austérité.

Rabougrie par la peur, la Fée n'avait plus les moyens de transformer les scélérats en citrouille !

La moiteur de la fin de journée transformait notre rêve, en pire des cauchemars !

De ses petites mains poilues, Mansov tenait un petit revolver au creux d'une paume olivâtre. Son manche m'indiquait que c'est un Beretta dernier modèle.

Il balançait son arme par un mouvement de bras saccadés, de haut en bas, en cadence avec ses jambes. Il arrivait vers nous comme un pantin désarticulé, ce qui accentuait son visage ingrat.

Les quatre autochtones étaient totalement dévoués à Mansov, qui s'approchait suffisamment pour que nous sentions son haleine fétide. Il était à deux doigts de la figure de Paula.

Il lui dit avec un rictus qui déformait encore plus ses traits de reptile :

L'estoumagade

— Paula, tu nous as fait courir ! moi et mes hommes ! Quelle idée t'a pris de quitter ton pays ! C'est la mort de ton frère qui t'a fait bouger ?
Maintenant, il va bien falloir que tu nous le rendes, ce putain de microfilm !
— Tu ne nous crois pas assez bête pour l'avoir sur nous ?
Je vois, Gérard que tu n'as pas changé, tu es vraiment toujours le même opportuniste, toujours dans des coups bien fumants ?
— Allons droit au but ! Je vous laisse partir tous les quatre à condition que la petite boulotte me fasse une gâterie.
— Comment savoir si après, vous ne nous tuerez pas !
— C'est un risque à courir, et vous n'avez pas le choix dans la date !
— Si c'est pour nous faire des contres pétris à deux balles !! je préfère me rouler par terre tout de suite, ça m'évitera de rire à toute ta batterie de cirque !
— Vous ne pensez pas à moi ! je suis tout de même concernée. Il est hors de question que je fasse cela !
Répondit Annix.
— Réfléchis ! Nos vies dépendent de toi !
— Ah, merci !
— C'est quoi la gâterie ! Je dis à Mansov !
— C'est la manière douce, de me rendre le microfilm.
Après quelques hésitations, Annix alla au-devant de Gérard Mansov et lui donna un coup de genoux dans les parties sensibles de sa chétive anatomie.
Complètement désarçonné, Mansov se roula dans le sable comme une andouillette dans de la panure.

Ses soldats accoururent. Dans la confusion Khaled sortit son arme, et mit en garde les sbires, leur ordonnant de rester tranquilles.
Annix se dégagea, et courut vers nous.
Nous partîmes rapidement, en direction des véhicules.
Paula et Khaled suivirent notre chemin. Nos ennemis avaient une centaine de mètres de retard sur nous, ce qui nous laissait le temps de leur voler un véhicule, et de s'éloigner au plus vite de cet endroit.

L'estoumagade

LA VISION

Khaled démarra le gros Range Rover des années 70. C'était un tas de ferraille dans lequel régnait une odeur de haschisch et de gasoil.
Il conduisait à vive allure sur le chemin cabossé. Au bout de quelques kilomètres, nous vîmes inimaginable ! Un homme tout en blanc, au milieu de nulle part, semblait flotter sur la terre battue.
Khaled donna un coup de volant tellement violent pour éviter cette chose, qu'il sortit de la piste et s'arrêta net. Nous sortîmes de la voiture en courant vers la route où on avait vu tous les quatre cet homme évanescent surgir du néant. Nous étions sans voix à la vue de ce mirage.
Un homme était là, luisant comme un ver, fluorescent comme un bâton de phosphore.
Il semblait flotter, comme en état d'apesanteur. Nous étions littéralement obnubilés par cette forme éthérée d'apparence humaine.
Le visage allongé, les yeux un peu exorbités, il semblait nous regarder les uns après les autres avec sérénité et détachement.
Le temps était mis de côté.

Nous ne savions plus qui nous étions, où nous allions, mais pas comme dans une amnésie où l'on oublie tout. Là, on se fabriquait une mémoire collective.

La concentration de nos esprits nous ramenait à l'essentiel. On focalisait une énergie vitale, un compactage cérébral, un défragmenteur de mémoire qui nous permettait de faire des associations d'idées d'une clarté évidente.

Nous étions conscients que ce que nous vivions ne se reproduirait certainement plus jamais. Nous étions pétris par un boulanger céleste qui malaxait nos esprits comme de la pâte à pain. Cette apparition avait inoculé en chacun de nous un message ultra sensoriel personnalisé, où chacun de nous, avec son ressenti, avait trouvé un sens différent à un message unique.

Tout laissait penser que chacun de nous avait reçu son propre message. C'était peut-être le catalyseur de tous nos problèmes.

Annix avait ressenti une présence protectrice divine. Elle avait imaginé un roi qui avait vécu sur terre il y a quelques milliers d'années. Celui-ci avait été emmené sur un bateau volant en forme de bouclier d'une autre galaxie.

Elle avait la sensation qu'il était revenu pour nous avertir de quelque chose, mais le flux spontané des paroles de la Fée, s'arrêta net.

Les images qu'elle avait créées étaient liées à l'identité de l'apparition.

L'image que Paula avait reçue, était tout autre. Elle avait vu une invasion de gens étranges sur terre semant la mort dans un univers chaotique.

Khaled lui était sujet à un mysticisme profond. Il voyait dans des flammes, un corps qui gesticulait et qui tentait de se sortir du feu, laissant apparaître un animal cornu, un démon, qu'il poussait dans un brasier, avec une sorte d'alternance réglée, donnant l'impression d'un affrontement sans fin.

Après avoir mis des mots sur ces images, l'analyse de nos ersatz de rêves nous renseigna sur chacun des messages que cette apparition nous avait envoyé.

Annix avait reçu un avertissement, un danger pour notre planète, par un être a priori enlevé par des extraterrestres !

Paula, une invasion extraterrestre !

Khaled, l'image de la lutte d'un homme avec le diable.

Nous ne savions pas comment, nos esprits organisés pour manipuler du rationnel avaient réagi à cette invasion cosmique d'une présence infinie.

À présent je le savais, je le devinais, le règne de l'homme était en train de se terminer.

Cette étrangeté nimbée d'une obscure clarté était venue pour nous transmettre un ultime message.

Celui qui dans des temps anciens faisait frémir les peuples naïfs, celui pour qui, le mot hérésie était dédié, celui par qui les prêtres de toutes les religions exorcisaient par manque de connaissance, était là devant nous.

Nous en étions convaincus ! C'était Dieu en personne !

Ces quatre guerriers de l'apocalypse entraînés par un chef cupide et sans scrupules avaient ouvert une brèche céleste dans cet océan de sable.

Cette arène improvisée devenait le combat du corps contre l'esprit, de l'humain face au divin. Dans cette arène brûlante, des hommes étaient en train de croiser le fer avec le Puissant. Ils jouaient avec l'arme du Seigneur.

Ils n'imaginaient pas le pouvoir de suggestion et de magnétisme qui émanait de lui.

Ces réflexions spontanées communes, ne nous confirmèrent pas totalement de la véracité de cette apparition. Aussi on se disait que ce n'était pas la fatalité, et il y avait une sorte de causalité irréductible qui germait dans nos têtes.

Cette relation de faits de guerre, tissait un brin d'acier autour de nos esprits fragiles et cette minute hors du temps, s'arrêta dans un souffle. Nous revenions à la réalité avec une pesanteur très « terre-à-terre ».

Le désenlisage de la Jeep prenait du temps et nous étions terrorisés à l'idée de voir apparaître nos ennemis.

Heureusement avec notre énergie commune, nos vêtements sortis des sacs en un éclair, nos baskets récupérés, nous glissâmes entre cuir et chair, tout un lot de fripes sous les roues de la Jeep pour augmenter son adhérence. Nos efforts furent récompensés et nous sortîmes de l'ornière en un clin d'œil. La joie était au rendez-vous maintenant. Inconsciemment nous pensions tous les trois à la même chose, peut-être à notre étoile ! On ne parla plus de cette divinité qui s'était posé comme un oiseau sur nos têtes ! Par crainte que l'un de nous n'y croit plus.

On n'était pas superstitieux, mais quand même. Il ne fallait pas se laisser aller à ce sentiment réducteur qui pouvait nous porter préjudice dans notre réflexion.

L'estoumagade

VERS BASSORA

Notre allure était maintenant régulière, la jauge d'essence était au maximum et nous avions encore trois cents kilomètres pour atteindre Bassora, notre étape intermédiaire.
Le climat est agréable, et nous roulions "coulos", en se racontant des blagues toujours bien grasses, un peu comme les plantes endémiques, du même nom.
Depuis la chute de Saddam Hussein, des milices islamiques chiites, patrouillaient sans relâche la périphérie de la ville.
Khaled était absorbé dans ses pensées. Sa conduite devenait machinale. On commençait à croiser par-ci par-là, des soldats britanniques en petit nombre, des hommes en civil armés de "kalachnikovs" présents parmi les groupes de soldats.
Uniformes kakis, barbus, ils contrôlaient les entrées et sorties de la ville. Difficile était la compréhension de ce pays, cerné par la guerre sainte et la résistance du peuple contre l'état vaquant de Saddam Hussein.
Paula prise d'une envie soudaine de parler, peut-être pour lutter contre le mal au cœur, se mit à nous donner un cours d'histoire "gratos".
  – Vous savez, c'est en 1992 en Afghanistan qu'est née l'idéologie de l'Islam radical. Lorsque Kaboul est tombé aux

mains des moudjahidines afghans, pour combattre les Russes. L'objectif du djihad, était en partie atteint.

Les « djihadistes » arabes regagnèrent leur pays. Beaucoup d'entre eux rentrèrent dans les rangs du GIA en Algérie. D'autres constituèrent des groupuscules plus ou moins voués à la cause idéologique.

Ces brigades isolées étaient à la recherche d'autres combats à mener. Les Salafistes avaient noyauté ces groupes à la dérive, qui échappaient complètement au contrôle de l'état.

Ce sont ces mêmes religieux qui rédigent des fatwas appelant les musulmans à aller combattre les infidèles, dans leur pays, ou ailleurs.

Nous sommes tous conscient que la terreur repousse les frontières. Cette fameuse tradition Salafique veut que le Coran, soit interprété sans nuance, au premier degré. Celle d'une interprétation figée des textes sacrés, hostile à toute innovation.

Les « djihadistes » aussi, étaient en Afghanistan, mais ils avaient le respect sourcilleux des Textes avec la priorité donnée au djihad, la guerre sainte, d'où le terme de « salafiste djihadiste ».

Ces ultras de l'Islamisme considèrent que les fatwas qui avaient été ordonnées par les religieux saoudiens contre les Russes devaient s'appliquer à tous les autres infidèles.

Pour eux, le choix est vaste ! On trouve évidemment en tête de gondole les Américains présents en Arabie Saoudite, ensuite les régimes « impies » d'Algérie ou d'Égypte, les États-Unis, l'Occident, etc.

Cette alliance détonante entre « salafisme » et « djihadisme » a été amorcée par les Saoudiens. Ceux-ci se sont rendu compte un peu tard qu'ils avaient joué avec le feu, et ils s'en mordent encore les doigts aujourd'hui !

Beaucoup de ces soldats de dieu ont cherché asile dans les pays européens depuis les années 90, pour y constituer des réseaux.

La Grande-Bretagne s'est montrée très accueillante, et est devenue l'une des plaques tournantes de ce mouvement.

Le monde des « Salafistes djihadistes » concentré jusqu'en 1992, se dispersa dans le monde et en particulier vers les états unis dont le premier attentat contre le "World Trade Center" en 1993, a été la première manifestation la plus voyante, avant les récents attentats de New York et de Washington.

Le terroriste le plus achevé, le plus charismatique de ce courant s'incarne évidemment aujourd'hui, dans le personnage de "Ben Laden".

Le contrôle de la rue appartient d'ores et déjà, aux groupes Islamistes. Les brigades "Al-Badr" sont plus qu'une simple milice. Elles ont été formées, par les célèbres "Pasdaran" les gardiens de la révolution Iranienne, les forces d'élite du régime de Téhéran.

Paula essoufflée s'arrêta de parler tout net.

— Mais pourquoi Paula tu nous racontes tout ça, tu crois que c'est vraiment utile ? Tu vas nous faire une interrogation écrite ?

— Non je ne suis pas d'accord Annix, c'est quand même important pour comprendre certaines choses de s'imprégner du pays et de son histoire !

Dis-je pour me faire bien voir.

— Mais qu'est-ce que tu es " faux cul " Denix, comme moi tu ne penses qu'à te tirer d'ici !

Paula était plongée dans un grand moment de solitude !

L'estoumagade

Sur le terrain, l'histoire présente commençait à nous donner les jetons ! Ces soldats de Dieu dont Paula nous avait parlé étaient là, bien réels !

Maintenant au moins on savait à qui l'on avait à faire. À mon avis, ça risquait d'être chaud pour nous !

Un petit groupe de guerriers s'était approché de notre véhicule en criant "Allah Akbar", avec une telle violence, que nous étions totalement démunis et apeurés.

Lorsqu'ils s'approchèrent des vitres du Range, nous étions collés comme des mouches sur un ruban adhésif, agglutinés les uns aux autres. Nous étions au milieu de l'habitacle, pour garder le maximum de distance entre eux et nous. La vitre était un rempart bien mince.

Dans un tel contexte, Khaled était le plus à même pour tenter une négociation.

Heureusement qu'il était là ! Il leur expliqua notre présence ici comme aide humanitaire, usant de tous les stratagèmes psychologiques pour décoincer la situation.

À force de palabres, de flatteries en tout genre, et surtout d'un bon "bakchich", les soldats consentirent à nous laisser passer.

L'entrée de la ville était jonchée de détritus en tout genre et pour avancer il fallait se frayer pratiquement un passage entre les poubelles.

Le trop plein d'odeurs de mort, de chaleur, de peur permanente, avait emmené Annix à une violente crise d'angoisse, qui s'était cristallisée dans un vomi exutoire.

Le drame c'est qu'elle n'avait pas pu ouvrir la vitre assez rapidement, son estomac avait été le plus rapide.

Nous étions nez à nez avec cette horrible chose. L'avantage était que nous ne sentions plus les odeurs du dehors.

L'estoumagade

Le mélange gasoil, haschisch, vomi, était d'une efficacité redoutable.
La puanteur nous faisait faire abstraction de tous nos problèmes annexes.
Khaled roulait de plus en plus vite, en adoptant une respiration à l'économie, en prenant l'air avec parcimonie. Nous avions pris le métabolisme de l'huître en voyage. La distance parcourue d'une seule traite fut sidérante.
Serait-ce à cause de l'odeur, je ne sais pas, en tous les cas nous approchions vaille que vaille, de la frontière Koweitienne.

L'estoumagade

L'OVNI

L'histoire de cette navette écrasée dans le désert irakien en 1991 pendant la première guerre du golfe "Desert Storm" avait suscité beaucoup de curiosités.
Toute l'administration Bush s'était déployée autour de cette hypothétique découverte.
Les alibis invoqués pour faire la guerre à l'Irak étaient divers et orientés suivant différents courants médiatiques, que ce fut, pour le pétrole, pour l'assassinat manqué de Bush père, ou bien pour dépouiller le leader irakien de ses armes de destruction massive.
On se rendait compte à l'évidence, que le cerveau des chefs d'état belligérants était rongé par un mal universel, une sorte de mégalomanie mytho maniaque.
Le couple Bush, Saddam était typiquement analogue à la commensalité de l'Anémone de mer et du Bernard l'Ermite. L'un nourrit l'autre pendant que l'autre le protège.
La symbiose était parfaite, l'un allait mal sans l'autre.
Saddam avait paraît-il, conclu un pacte avec des extra-terrestres et Bush était persuadé de l'existence de ceux-ci, sur le sol Irakien.
La région sur laquelle cet engin s'était parait-il écrasé se nomme Mosul, anciennement appelé "Nineveh".

L'estoumagade

Khaled en plein désert roulait comme un dératé. L'air était frais et sec au début de cette nouvelle journée.
Paula roupillait « grave », avec un ronflement de missile Tomawak au décollage. Annick sifflait vainement, pour sortir Paula des bras de Morphée.
Quant à moi, je contemplais ce tableau, où chacun avait sa place. Comme l'anémone et le Bernard l'ermite, nous aussi faisions partie du récif. Un récif qui s'effondrait de plus en plus. Des pans de sable s'écroulaient derrière nous. La fuite en avant était notre seul salut pour échapper aux prédateurs qui rôdaient.

L'estoumagade

L'OASIS

Quelques kilomètres parcourus, et nous arrivâmes dans un lieu tout à fait paradoxal. Une niche humide émergeait dans cette vallée de sable. Nous étions excités comme des morpions à l'assaut d'un mont de Vénus.
Des palmiers dattiers offraient leurs frondaisons à un miroir glacé, renvoyant la luxuriante végétation vers les étoiles mourantes.
La folie, la joie étaient communicatives. Tous les quatre, le regard halluciné, nous nous regardâmes avec une complicité inégalée à ce jour. Nous attendions de l'autre une sorte d'approbation sur la réalité de cette découverte tellement inattendue et inespérée.
La soif était devenue au cours de ce périple la compagne de route pour chacun.
Elle avait forgé en nous, la dureté nécessaire, la force de l'esprit, l'énergie vitale, le dépassement de soi. Nous étions là près de cette grande flaque turquoise, sans réaction si ce n'était, la béatitude. La vision de cette eau n'évoquait pas en nous la soif, mais l'objet de la soif.
Nous étions déjà en train de boire par la pensée, un fragment de seconde. Puis dans une sorte de prise de conscience collective, nous jetâmes nos corps de braise dans ce chaudron

L'estoumagade

glacé où l'oxygène et l'hydrogène s'étaient unis dans une proportion divine.
Khaled éclaboussait Paula avec des petits rires de fouine. Annix entamait une petite brasse, pendant que j'essayais de lui mettre la tête sous l'eau. Nous batifolions allègrement dans cette source, sans ne plus penser à rien d'autre qu'à l'instant.
La rive sablonneuse de cet "oued" s'offrait à nous. Cette plage irradiait des myriades de grains colorés et nous étions allongés dans un kaléidoscope naturel.
Nos esprits s'envolaient dans la brise tiède et le sommeil nous pris sans résistance.
En rang d'oignons sur la grève, nous étions là, las ! Nos rêves, devaient être ailleurs.
Je regardais tendrement mes amis endormis ! Annix doit élaborer des images de ses fils ou des cours de Math avec "Balivot", le prince de "Montolivet", arrivant sur un chameau et se faisant dévorer un orteil par ses chiens !
Paula doit errer dans une mouvance onirique, où l'amour pour son frère est devenu plus charnel.
Elle voit Khaled en fond, qui lui sourit. Pourquoi suis-je si dure avec lui ? Peut-être le souvenir de l'université ? Un acte manqué ? Un long baiser anonyme, fini son rêve.
Et moi, je ne dors pas ? Hé non ! Je n'ai pas sommeil, alors j'imagine le rêve de mes amis. Khaled tourne sur place, agite sa tête de droite à gauche. Il doit faire un cauchemar. Il est avec le pauvre Victor se délectant de serpents dans un Hammam rue sainte-barbe, entourés de barbus lubriques et ténébreux.
Je crois que le soleil a fait des ravages dans mon cerveau, il vaut mieux que je dorme !

Finalement, je ne fais pas un pli. Personne d'autre que moi, ne peut imaginer mes rêves, maintenant.

Il est midi ! Nous sortons peu à peu de notre bienfaiteur sommeil.

Nous avons dormi quatre heures, ponctuées par l'apparition de trois gazelles en train de s'abreuver à quelques mètres de nous.

Le spectacle était sympathique, mais la faim nous tenaillait tellement que Khaled sortit son arme et dézingua l'une d'elles, d'une balle en pleine tête.

La bête quitta ce monde sans souffrance et nous nous affairâmes à dépecer l'animal.

C'était assez horrible ! On se demandait comment un animal de cette taille, pouvait contenir autant de choses visqueuses.

Le cœur au bord des lèvres, nous finîmes le travail, débitant les morceaux pour les faire cuire plus aisément.

Annix avait récupéré le scalp cornu de la bête et s'en fit un chapeau. C'était d'un goût des plus douteux, mais on ne disait rien.

Après tout ce qu'elle avait subi, il fallait qu'elle compense. Pour elle c'était la tête de Gérard Mansov qu'elle tenait entre ses petites mains replètes.

Le feu était la seule chose qui nous manquait pour griller la viande. Nous allâmes à l'intérieur de la palmeraie pour quérir quelques bois secs. Un bruissement étrange me fit détourner mon regard de notre chemin comme une rumeur de gros serpent dans des feuillages. Nous approchâmes à pas feutrés vers l'endroit, armés jusqu'aux dents. Notre instinct de survie, reprenait le dessus.

Un homme était là !

L'estoumagade

Celui-là, même qui nous pourchassait sans faillir, pour nous dérober ce putain de microfilm : Gérard Mansov.
Il était allongé sur le dos dans une posture peu ordinaire. Sa jambe droite, brisée au genou, était retournée à l'envers au niveau de l'articulation. La fracture laissait apparaître à la déchirure, des tissus sanguinolents et des fragments d'os. Son corps lui-même était lardé de coups de couteau.
Il avait perdu beaucoup de sang. Annix s'approcha de lui. Une petite bouffée nauséabonde, ne laissait aucun doute sur l'état de Gérard : Il vivait encore !
La douleur le faisait délirer, mais sa perte de fluide vital limitait son agonie en de petits signes rentrés qui le rendaient presque humain.
Un iguane en proie à un docteur sadique dans une expérimentation de la douleur provoquée par la cassure d'un membre.
Ses yeux écarquillés cherchaient un appui dans le vide comme un reptile avant de gober une mouche.
Sa bouche faisait des ronds, sa tête basculait de droite à gauche avec la précision d'un métronome. Ce qui était le plus angoissant, c'est qu'aucun son ne sortait de sa bouche tuméfiée.
Annix pensa qu'il n'en avait pas pour longtemps, et malgré ce que cet énergumène voulait lui faire subir, elle avait de la compassion pour le malheureux.
Peut-être, parce qu'il l'avait choisie, elle ! Pour lui faire une gâterie ! Qui sait !

— Je vais lui faire une injection de morphine pour diminuer ses souffrances !
Dit-elle.

Après la piqûre, il se détendit. Son corps retrouvait un semblant de paix, sa bouche se fermait progressivement. Nous avions tant bien que mal redonné un angle normal à sa jambe, c'était trop insupportable de voir ce spectacle articulaire. Le futur cadavre qui gisait près de nous se réveillait peu à peu, revenait à un semblant de vie en marmonnant des phrases incompréhensibles.

— Il faut lui donner à boire ! Dit Khaled.

Ce pauvre homme est déshydraté, lyophilisé, je suis sûr que ce mec, quand on va le faire boire, il va se transformer en "Reptile minut soup " !

Après cette galéjade inopinée de Khaled, lui qui ne nous avait pas habitués à ça, nous essayâmes d'alimenter le mourant avec une paille. D'un geste maladroit il repoussa le bras d'Annix.

— Il faut boire !

Lui dit Annix. Aaaaah

— Vous n'avez pas soif ?

— J'ai rarement soif !

Les premières paroles audibles étaient sorties ! " J'ai rarement soif ! "

Affirmation on ne pouvait plus sibylline compte tenu de son nom. Après une rasade forcée, il commença à nous raconter son histoire :

— Je vous ai expliqué les raisons de ma démarche, en ce qui concerne le microfilm. Je n'ai pas de raison de vous mentir, je suis foutu ! Certainement d'une manière assez confuse, plutôt inachevée. La réalité est plus complexe.

En effet, ce que je n'ai pas pu vous dire par manque de temps, c'est ceci :

L'estoumagade

Le vrai danger ne vient pas de moi comme vous avez pu le croire, il vient plutôt d'une cellule Irakienne dissidente, qui profite de la découverte pour faire pression sur les services américains par le chantage « microfilm ou bombe chimique ! ».
Il était clair que dans tous les cas je ne pouvais me fier à la parole de ces extrémistes moyenâgeux !
Les paroles de Mansov devenaient de plus en plus hachées.

— J'étais là, pour récupérer le microfilm, pour faire vivre l'accord que nous avions conclu devant le bunker.
La seule chose qui différait était la suivante : J'étais en réalité investi d'une autre mission sur le sol Irakien.
Je devais retrouver, un correspondant de la CIA, un dénommé Jack Molson, lui-même, sur les traces d'un objet extraterrestre.
Je devais le retrouver à Mosul à l'hôtel « el Cantarhi ». Je pense qu'il est plus en danger lui, que vous, maintenant !

— Complètement délirante, ton histoire, Gégé !
Dit Paula.

— Pourtant c'est vrai. Les États-Unis font la guerre à l'Irak pour mettre la main sur l'ovni de Saddam Hussein !
Le dictateur posséderait une soucoupe volante et les armes de destruction massive n'étaient que le prétexte.
Certains de ne rien trouver en ce qui concernait les armes, la mission disposait du temps et des moyens pour couvrir certaines régions, sans être inquiétée.
Oui, mais voilà ! On a trouvé des armes !
Votre ami qui s'est fait repérer par les Irakiens.
Dès lors, la donne était totalement différente. Comment laisser ce microfilm dans la nature avec cette épée de Damoclès sur la tête !

Vous vous êtes mépris sur mon compte, je voulais simplement vous dissuader d'enquêter sur cette affaire.
La fléchette devant la maison de Khaled n'était pas dangereuse mais suffisamment toxique pour évaluer le danger, quitter le pays et rentrer au plus vite dans votre pays.
Mais l'obstination et la curiosité maladive dont vous êtes pourvus ont eu raison de mon stratagème qui n'avait pour simple but de ne pas me gêner dans ma mission.

— Putain d'histoire ! Mais comment se fait-il que vous soyez ici, avant nous ?
Dit Annix.

— Nous avons été rattrapés par les hommes d'Abdallâh Khalil, le chef des rebelles, juste après votre escapade.

— Ils ont massacré mes soldats et m'ont torturé pour que je parle. Je n'ai rien dit, mais avec leur connaissance du désert ils n'ont certainement eu aucune difficulté pour suivre votre trace et anticiper votre arrivée dans l'oasis.

— Mais où sont-ils maintenant ?

— Je pense qu'ils se sont repliés car je leur ai dit que vous n'étiez pas en possession du microfilm.
Ils attendent le moment opportun, pour vous tomber dessus. En fait, je crois qu'ils en voulaient surtout à ma peau, parce que j'étais à la recherche de l'OVNI de Saddam !
Quelque temps plus tard, on était là, dans ce trou, en train de se baigner, alors que pas très loin, des êtres inhumains attendaient comme des hyènes ! Leur repas !

— N'attendez pas que je reste un instant de plus ici ! Je sens que je deviens folle !
Annix était dans un état, comment dire, " proche de l'Ohio ".

Sous sa chevelure imprégnée et gluante, s'abritait un visage dont les traits peu marqués trahissaient l'inquiétude du moment. Paula essaya de la rassurer sans conviction.
Ils étaient à nos trousses, et nous ne savions pas comment agir.
Un râle et une déglutition effroyable, sortirent de la bouche du martyr. On se rapprocha. Gérard Mansov était mort !
La consternation était notre sentiment commun devant cette dépouille dont le néant s'était accaparé.
Une sorte de culpabilité, un malaise devant cette mort, une torpeur morbide envahit chacun de nous.
— Que pouvons-nous faire maintenant, si ce n'est capituler et nous rendre "ipso facto" à Abdallâh Khalil ? dit Khaled.
Nous n'avons aucune chance de nous en sortir ! Mansov nous a suffisamment renseignés sur l'individu et ses intentions pour risquer quoi que ce soit !
— Qu'on se rende ou qu'on ne se rende pas, je pense que la finalité sera dramatique pour nous, dans tous les cas ! Moi j'ai plutôt envie de prendre le Range et de me casser de ce trou pourri ! Après advienne que pourra ! On est dans les mains de la fatalité et il ne nous reste plus qu'à croire à notre bonne étoile ! Vous croyez que notre destin est de croupir dans cet endroit à attendre notre châtiment ?
— Tu as raison Annix, dit Paula, il faut partir tout de suite. Je ne sais pas quelle mouche t'a piqué, Khaled pour avoir eu l'idée aussi inepte de capituler ! Avant tout on va faire le point de la situation depuis le début, histoire de mieux appréhender notre futur immédiat.
Bon, tout d'abord nous avons suivi la piste de mon frère en Irak, via Bagdad. Ensuite nous avons pris contact avec mon ami Khaled, pour éclaircir le mystère de son assassinat.

L'estoumagade

Dès notre départ de Marseille, nous avons été filés comme des novices, par Gérard Mansov, auteur présumé du meurtre. Ensuite, nous avons été confrontés tous les quatre, à cette vision assez extravagante, serait-ce le soleil ? La chaleur ?
Enfin, bon, pour l'instant, cette apparition reste un mystère isolé dans notre histoire.
Notre capture par Mansov et ses hommes, marque un point important de notre épopée.
Nous avons réussi à échapper à la vigilance des hommes de Mansov et grâce à la vivacité de Khaled, nous avons pu nous mettre à l'abri dans cet Oued. Là, encore, nous sommes rejoints, non ! Devancés ! Par des hommes du désert qui nous emmène cette plaie humaine de Mansov ! Pourquoi ?
Certainement pour nous intimider, nous faire peur. Ce qu'ils ignorent, c'est que Mansov a eu le temps de nous parler, avant de mourir !
Je pense qu'ils ont dû croire Mansov ! Ils doivent penser que le microfilm n'est pas en notre possession,
Enfin je l'espère ! En revanche, cet Abdallâh Khalil attend le moment propice pour fondre sur nous, j'en suis sûre.

— Annix, j'espère que tu l'as bien placé ?
— Oui, je l'ai mis dans un tube d'UPSA, je pense qu'avec la cartouche sodée dans le bouchon, l'intégrité du film sera conservée. Pas d'humidité, c'est le secret de conservation des films argentiques !
— En plein désert, tu crois que c'est humide, ici ?
Dit Khaled.
— Bon, on s'en fout ! Annix a eu comme toujours, la réflexion utile et nécessaire pour juger en toute objectivité de l'endroit que je trouve pour ma part idéalement placé.

L'estoumagade

En revanche, toi, Khaled, tu obéis plutôt à des pulsions primaires, qui ne te ressemblent pas ! Je continue : Tout laisse penser que Mansov n'est pas l'assassin de mon frère, il nous à suivi pour mettre la main sur le microfilm pour sauver une ville américaine d'une contamination mortelle.

Si nous avions su l'enjeu de ces photos et de ce deal Cornélien, je crois que l'on aurait remis le document. La suite, pour démanteler le réseau n'aurait pas été de notre ressort.

La cellule antiterroriste, s'en serait chargée avantageusement.

De toute évidence, il faut conserver ce microfilm entre nos mains, le plus longtemps possible. Maintenant on n'a plus le choix ! Il faut arriver à tenir jusqu'à l'élection présidentielle, pour se préserver de cet acte terroriste.

Le dernier point que je voudrais évoquer est le suivant :

Mon frère hormis le microfilm, a dû être le témoin de quelque chose d'autre ? Mais quoi ? Je suis quasiment sûre qu'il n'a pas été tué pour ce dont il croyait être en danger !

— Tout devient plus clair !!???

Dit Annix en écarquillant les yeux à la manière de Charles Trenet, et en pinçant les lèvres à la manière de David Suchet dans Hercule Poirot.

— Notre seule issue est le Koweït. Si nous arrivons à passer la frontière nous serons déjà hors d'atteinte d'Abdallâh Khalil.

Je pense qu'il cherche autre chose, il y a dû y avoir un couac, dans les sources du renseignement Irakien.

D'après ce que je sais de lui, cet homme est un colonel de Saddam Hussein qui pendant l'invasion du Koweït en 1998 s'est fait remarquer par des actes de barbarie sans nom !

L'estoumagade

À mon avis, il doit chercher autre chose que ce microfilm ou du moins un autre contenu que celui qui concerne les armes de destruction massive.

De toute évidence nous avons mis le doigt dans un engrenage infernal. Je vous ai suivi, maintenant je ne suis plus maître de mon destin !

Je suis certainement aguerri à ce genre d'opération, mais sans tenants ni aboutissants, je suis un peu perplexe quant à l'issue de notre route. Je me creuse les méninges sans résultat. J'ai la sensation, d'être dans un gros entonnoir, de me diriger vers un diaphragme étroit. Comme un spéléologue qui cherche son chemin dans un inextricable dédale de galeries souterraines, je commence à étouffer !!!

– Khaled ressaisit toi ! Et arrête un peu de nous faire tes phrases à la con !
Dit Paula.

La fée clochette était revenue tout habillée de vert, avec ses chaussures à pompons. Elle s'était lavé le visage dans la marre, près du corps gisant de Mansov.

Elle n'était plus impressionnée, par rien ni personne.

Annix avait une constance surréaliste, à fonctionner superficiellement, comme si elle avait mis en veille une partie de son cerveau. Sa robe, vert pomme, tranchait avec son bronzage cuivré. On aurait dit qu'elle s'était préparée pour aller au « Hot-Brass », une discothèque de la région de Marseille.

Je m'inquiétais un peu de ce manque de lucidité. Paula et Khaled discutaient à voix basse. Nous restions à l'écart, l'envergure de ces deux oiseaux migrateurs, nous donnait un complexe d'infériorité.

Lui, avec son allure longiligne, ses petits yeux marron, sa petite moustache et son menton volontaire, me faisaient penser à un « Francis Cabrel » oriental.

Paula, elle, était envahie de taches de rousseurs. Le soleil avait pris sa peau de rouquine, en otage. Son corps était archétypal de bandes dessinées érotiques, genre « Vampirella » version rouge.

Annix et moi étions comme leurs enfants. Ils nous maternaient, prenaient soin de nous. Le dimorphisme entre eux et nous ne faisait qu'accentuer ce sentiment.

Ce couple avait la particularité d'avoir des enfants, plus vieux qu'eux. Dans ce désert, au trou du cul du monde rien n'était impossible, l'adoption ne demandait pas autant de formalités que dans nos pays civilisés.

Et puis adopter des enfants déjà vieux avait l'avantage de l'autonomie pour les parents, pas de contraintes en matière d'éducation, l'inconvénient c'est que ceux-là n'étaient pas modelables.

Notre cerveau avait fait toutes les connexions nécessaires à notre vie et sensé être programmé pour un schéma social plus conventionnel, pas comme ici !

Annix et moi étions un peu « casse-couilles » vis-à-vis d'eux, têtus comme deux bourriques (surtout Annix). Nous mettions toujours notre grain de sel dans les recettes de ces deux agents spéciaux Khaled et Paula qui étaient pourtant le gratin en la matière.

Le manque de connaissances dans tous les domaines de ce qui touche les services secrets ne nous donnait aucun complexe. Nous étions de vraies bazarettes, donnant un avis sur tout, sans vergogne.

L'estoumagade

Cette fin d'après-midi dans cette oasis fut le début d'une histoire d'amour entre Paula et Khaled. Enfin, leur rapprochement était significatif.
Nos parents adoptifs étaient en voie de réconciliation !
Nous en étions ravis.
Dans cette engeance, il valait mieux avoir tous les œufs dans le même panier. Le ciel était d'une pureté à se pâmer, « la Grande Ourse » prenait vie, dans le firmament. L'étendue d'eau qui nous fit rêver quelques heures auparavant, devenait le théâtre vide d'un drame shakespearien. Le silence avait cette puissance diabolique qui induisait en chacun de nous le besoin de le perpétuer.
– Je viens de rêver !! Dit Annix.
– Qui ? toi, la fée ?
– Oui, moi !! Tu vois une autre fée, à part moi, ici ? Denix ! J'étais au bord d'un lac de beurre entouré d'une forêt de pains de mie où des jambons crus criaient en courant dans tous les sens, « mange-moi, mange-moi !!! »
La gazelle du trou d'eau, était un souvenir très particulier.
Cette tuerie suivit de l'équarrissage de l'animal, avaient stimulé nos papilles. Sans morale aucune, dans un réflexe primaire de survie, nous nous étions rués sur cette bête à l'instar des hommes des cavernes à l'assaut d'un mammouth.
Nous n'avions pas mangé par manque de temps et cette profusion de sang et de boyaux divers dans cette âcreté sanguine nous avait donnée l'impression d'être déjà repus.
Nous partîmes de l'oued, l'estomac vide.
Maintenant, Annix commençait la première, à montrer des signes de faim manifeste.

L'estoumagade

La découverte d'un paquet de biscuits au fond de mon sac, fût très bien accueillie et celle-ci nous permit, sans être rassasiés de continuer plus sereinement notre chemin.

La piste de terre à la sortie de l'oasis devenait de plus en plus périlleuse. Des ornières de chaque côté, devenaient une obsession pour Khaled. Il se démenait pour conserver une trajectoire idéale tout en gardant une vitesse respectable. Un nuage de poussière d'or fin, suivait le Range comme une mini tornade.

Les heures passaient sans âme qui vive. Quelques palmiers vivotaient, disséminés dans une galaxie de dunes.

Éole avait dessiné une trame de petites vaguelettes, pour peut-être ajouter une touche de fraîcheur suggestive dans cette fournaise.

Je venais à l'instant de me faire butiner le « pif » par un bourdon des sables et ma transformation était aussi picaresque que les aventures de "Rodriguez au pays des merguez ".

J'étais devenu, genre "Elephant man", avec mon nez "Galabruesque". J'enflais à vue d'œil !

Autour de nous, aucune présence humaine. Seulement le spectre des hommes du désert, ces charognards qui attendaient patiemment notre agonie.

Cette pensée était omniprésente, enracinée dans notre subliminale intériorité.

Pourtant la réalité était toute autre, il n'y avait vraiment personne mais chacun conditionné par notre vécu, semblait l'ignorer.

Paula, insensiblement posait la main sur la cuisse de Khaled en signe de rapprochement, de complicité amoureuse.

L'estoumagade

Comme si elle voulait lui dire « Ne t'en fais pas, je suis là. Le chemin est encore long, mais si nous arrivons à la frontière tu pourras peut-être me baiser ! ».

Pendant ce temps Khaled pensait à la chatte de Paula et se demandait si elle était taillée en pointe, hirsute, ou travaillée comme un « if » par un « Edward aux mains d'argent du maillot ».

La chaleur exacerbait toutes les pulsions, qu'elles soient de nature sexuelle, ou autre.

Le temps n'était pas à la répression, mais à l'explosion de tous les sens.

L'humilité était aussi discernable dans nos pensées que dans nos corps.

Dans ce moment de conscience où l'étreinte du corps social se desserre, nous nous sentions autant perdus pour la société qu'éperdus dans ce désert qui mettait à jour notre sensibilité.

Le roulement monotone du Range favorisait une réflexion sur notre condition précaire, récurrente, en chacun de nous.

Je me souvenais d'un précepte Taoïste, qui je pensais convenait bien au moment présent.

— Tout ce qui existe n'a besoin que de lumière pour apparaître, il n'y a que ce qui n'existe pas qui ait besoin de preuves et de démonstration.

L'illumination ne tombe pas sur l'intelligence mais sur l'esprit, elle est la pierre angulaire de notre salut. Laissons-nous porter par nos sensations, plutôt que par l'intellect. Notre réflexion doit nous imprégner par un mouvement naturel de spiritualité. Qu'en pensez-vous ?

L'estoumagade

— Bof ! Ton discours, c'est de la daube, si on ne réfléchit jamais et que l'on attend l'érosion de la nature, je ne donne pas cher de nos vies ?
Dit Annix, péremptoire.
Paula, près de Khaled, calée dans le siège du pick-up se demandait pourquoi Victor avait eu l'intuition d'être poursuivi par des fabricants de bombes. Alors que ceux qui ont eu sa peau étaient les détenteurs du secret de Saddam au sujet de l'ovni.
Nous étions perplexes à ce sujet. La route continuait à dérouler son tapis de sable et de bitume.
La chaleur était de plus en plus présente au fur et à mesure que nous descendions. Nous passâmes de la montagne au nord de Mosul, à la plaine au sud de Bassora. Le chemin était long et des esprits maléfiques planaient sur nous. Notre paranoïa collective plombait l'ambiance. Pourtant chacun y mettait du sien pour donner une apparente sérénité.

— Oh ! regardez ce chameau ?
— C'est un dromadaire ! Annix tu ne reconnais pas le chameau du dromadaire ?
— Non, Paula ! Je suis désolée ! Mais en ce moment, si j'étais vulgaire, je te dirais que je m'en bats les couilles !

Les discussions continuaient, belliqueuses, comme si le paysage de la guerre nous avait métamorphosés.
Nous voulions chacun avoir le dernier mot, sur tout. Peut-être une perte de notre libre arbitre, un réflexe de protection qui nous barricadait dans une perspective où les artefacts étaient prohibés, où seul l'instinct de conservation subsiste.
Ce huis clos à quatre dans le désert était une copie du « salaire de la peur » avec Montand et Vanel.

L'estoumagade

L'angoisse, la sueur, il ne manquait plus que la nitroglycérine pour être vraiment raccord. On se disait que le lieu du rendez-vous avec Jack dans la ville de Bassora allait dans le bon sens, qu'il nous rapprocherait de la frontière du Koweït.
Il nous restait quelque trois cents kilomètres pour atteindre notre but.
Les hommes du colonel Abdallâh Khalil n'étaient pas à nos trousses, mais nous vivions comme s'ils l'étaient encore !
Le conditionnement par l'épreuve dans cette histoire alambiquée, avait serti notre jugement dans une enclave de poncifs fiévreux.
Nous étions pris au piège d'une toile, englués comme une mouche capturée en plein vol, à la différence que pour nous il n'y avait plus d'araignée.
Nous étions simplement prisonniers de nous-mêmes. Les paysages se fixaient aux vitres, comme les diapositives d'un chargeur unique que l'on aurait passé à une trop grande vitesse. Les impressions photosensibles collées à notre mémoire ne déclenchaient plus aucune émotion particulière. La guerre avait tatoué une icône sanglante sur nous comme sur le peuple. Les endroits sordides, étaient d'une constance banalité.

— La Mésopotamie ou la Mésothérapie, il faut choisir ! moi j'ai déjà connu la seconde, pour mes cheveux, quand j'étais plus jeune, sans résultats !
— On voit !
Dit la fée.
— Mais, c'est quoi, c'est le « chichon" qui te rend euphorique, Annix ?
— C'est un état permanent, chez moi, Denix.

— Ce qui est intéressant, dans ta comparaison, c'est la problématique qui s'en dégage.
Dit Paula.
— Désormais, notre nouveau traitement sera la « Mésopothérapie ». Un médicament pour tous qui nous permettra de conserver une intégrité totale contre les attaques visuelles et les atrocités permanentes.
— Il suffit de trouver le remède ! dit Annix. Je vois que tout le monde fume, dans cette caisse !
Rétorque Khaled.
Après moult péripéties, nous arrivâmes à Bassora et nous rencontrâmes, le fameux Jack Molson dans une chambre de l'hôtel El Cantarhi.
— Qui êtes-vous ?
— Nous sommes des amis de Gérard Mansov.
— Où est-il ? dit Jack le regard terrorisé.
— Il est mort ! Il a été assassiné !
Paula expliqua toute notre histoire en détail et Jack nous raconta la sienne.

L'estoumagade

L'HISTOIRE DE JACK

Jack Molson avait fait ses études au Québec. C'était le petit fils d'un brasseur de bière bien connu dans le pays de la Nouvelle-France. Son goût prononcé dès son jeune âge pour les communautés humaines l'avait détourné sensiblement de la voie qui lui était destiné : la bière.
Il devint contre la volonté de son père, Ethnologue, et travailla aux États-Unis pour le « National Geographic », entre autre, et fit de nombreux voyages en Irak pour découvrir ce peuple, mis au ban de la société des nations.
Après le conflit du Golfe, Jack était devenu un homme imposant. On l'appelait familièrement « le bûcheron des Laurentides ».
Sa carrure charpentée, sa barbe qui lui mangeait le visage et ses petites lunettes rondes, lui conféraient une forte et douce puissance.
Au près d'une population irakienne très affectée par une situation économique critique, il fut le témoin de la désintégration du système social du pays. Il aida dans les hôpitaux et les écoles. Il était tellement concerné par la misère de ce peuple qu'il s'investit à corps perdu dans ce combat.

L'estoumagade

Il ne donna plus de signe de vie dans son pays et resta planté dans ce décor de fin du monde, pour faire de l'humanitaire un sacerdoce.

Consterné par l'appauvrissement des familles, il œuvra dans tous les sens pour redonner un peu de dignité à ce peuple miné par l'embargo.

Sa démarche n'était dictée que par les sens, la raison avait totalement disparu de son être. Sans s'en rendre compte, il avait migré dans un état mental qui ne lui laissait plus de place à la réflexion.

Au début il servait les soupes populaires, maintenant il s'en nourrissait.

La population s'enfonçait dans une désespérance chronique entraînant Jack dans son sillage. Malgré les résolutions prises par les Nations-Unies, la situation empirait de jour en jour.

Les heures devenaient de plus en plus lourdes pour lui. Il vivait au gré des souffrances et des malheurs. Son meilleur ami était mort d'une infection pulmonaire, celui-là même qui l'avait accueilli dans Mosul.

Cette ville qui était peuplée essentiellement de chrétiens issus de Chaldée, ordonnait des prêtres formés dans leurs propres séminaires. Mosul était une enclave dans le monde musulman. Jack dans un sursaut de lucidité, compris que le moment était venu de partir s'il ne voulait pas finir sa vie comme une merde. Il avait passé trois ans de son existence dans cette gangrène.

« Cette plaie, avec ou sans moi, ne se fermera pas ! » se dit-il.

Jack quitta cette ville sans se retourner. Il avait décidé de prendre la direction des montagnes du Sinijar, au nord du pays. Il avait l'impression d'être dans un no man's land perpétuel.

L'estoumagade

Il ne pouvait plus rentrer dans son pays car il avait épuisé ses derniers dinars. De toute manière il était convaincu qu'il allait crever ici sans un rond, il était conscient que roder au gré du vent dans ce pays n'était pas dénué de risques.
Le fatalisme s'était installé en lui à son insu.
Sa vielle Ford pick-up était remplie d'un bric-à-brac, qu'il avait récupéré à droite à gauche :
Un vélo,
Des jerricans d'essence,
Un vieux télescope et d'autres merdes…
La route serpentait allègrement les flancs de cette montagne sacrée.
Son goût pour l'aventure s'était étiolé pendant la durée de son séjour à Mosul, mais maintenant son naturel revenait en force. Il était fermement déterminé à franchir les limites de la région des Yézidis.
Cette idée avait germé en lui, quand il était étudiant. Une thèse sur cette communauté musulmane, termina son cycle universitaire.
Il avait toujours voulu venir quand il préparait son mémoire, maintenant après toutes ces années il était près du but. Sa connaissance théorique sur le sujet allait enfin se confronter à la réalité.
Les Yézidis avaient des mœurs assez atypiques en comparaison aux peuples de l'ensemble du pays. Ils pratiquaient entre autres l'adultère consenti, ce qui n'était pas en soit le plus important, et il croyait à la réincarnation.
Ils vénéraient Satan, symbolisé par un Paon écarlate qui portait le nom d'Iblis. Cet animal mythique était le représentant de Satan sur terre.

L'estoumagade

Pour les Yézidis, il n'y avait rien à craindre d'Allah. Il était la bonté et la miséricorde même.
Mais il convenait toutefois de se ménager les bonnes grâces d'Iblis, le prince des djenoun, de Satan et celui des diables.
Sous le nom de Lucifer, Satan était devenu l'intermédiaire entre les hommes et Dieu, auquel il transmettait leurs prières.
Le culte des Yézidis était un syncrétisme d'Islam de christianisme et d'antiques superstitions kurdes.

Le « Char » de Jack donnait des signes de faiblesse et un petit nuage de vapeur sortait du capot. La panne était imminente.
Heureusement, il était à une centaine de mètres d'un village. Une vingtaine d'hommes sortirent de nulle part et emmenèrent Jack sans explications. Il avait beau parlementer avec eux rien n'y faisait. Ces hommes qu'il avait tant cherché à connaître devenaient assez antipathiques à ses yeux. Les Yézidis devaient être étonnés qu'un homme blanc ait pu arriver jusqu'ici.
Leur loi était stricte en ce qui concernait les étrangers et Jack fut séquestré dans une espèce de hutte en forme de tajine, en terre argileuse.
Les Yézidis étaient très intrigués par ce colosse hirsute et peut-être grâce à ça, ils n'avaient pas encore statué sur son sort.
Ce pauvre Jack avait tellement idéalisé ce moment, qu'il ne réalisait pas la gravité de la situation.
Il courrait après un rêve et fut rattrapé par un cauchemar !
Les sorties de son antre lui étaient accordées dans l'après-midi.
Il marchait autour du village avec un jeune garçon chargé de le surveiller. Jack l'avait pris en affection.

Il lui apprenait quelques mots de Français, lui racontait des histoires de guerre et Farid buvait ses paroles.
Leur complicité était si grande, qu'un jour Farid l'emmena en dehors du village. Jack découvrait des mausolées au détour de la montagne et l'adulte et l'enfant foulaient en discutant, une terre rouge sang sous un soleil de plomb.
Farid lui fit signe de ne pas s'approcher des lieux de culte disséminés le long du chemin qui étaient la propriété inaliénable de Lucifer, l'endroit où il était vénéré.
Jack ressentit une impression funèbre et funeste aussi.
Il se sentait pris entre terre et ciel, entre l'enfer et le paradis. C'était l'endroit de tous les contrastes. On vénérait Lucifer dans ce lieu inondé de lumière.
Jack écouta Farid et s'éloigna rapidement, retrouvant le chemin qui continuait de grimper vers une sorte de col.
Jack demanda à Farid pourquoi il prenait le risque de l'emmener ici.

— Chut ! Non je plaisante, mais tu verras le moment venu !
— Tu peux au moins me dire pourquoi tu fais ça ?
— Je veux quitter ce village et si je te fais échapper, je voudrais que tu me sortes d'ici.
Je n'ai rien ici, mes parents sont morts, je ne vis pas comme un enfant, je mendie pour survivre. La première grande ville c'est Mosul et elle est trop éloignée, j'ai besoin de toi !
Farid était petit et frêle. Ses articulations paraissaient exagérément grosses en rapport à la maigreur de ses membres. Sa peau tannée par le soleil était recouverte de croûtes et écorchures diverses. Visiblement il n'était livré, qu'à lui-même. Son aspect « miniature », le rendait plus jeune qu'il ne l'était réellement. Farid avait quinze ans.

— Tu ne me dis toujours pas ce qu'on va voir ?
— It's a secret ! J'ai envie de parler anglais, quand je m'amuse.
— Tu t'amuses de quoi ?
— Je joue avec tes nerfs. C'est une expression de chez toi, non ?
— C'est plutôt une expression française de France, mais là n'est pas le problème, tu me dis, ou j'arrête là, et je redescends.
— OK, man OK .take it easy! Voilà, ce que tu vas voir ! C'est ce qu'on appelle un scoop, chez toi. Une grotte abrite, heu… je ne sais pas comment te dire, un gros appareil bizarre. Peut-être, une soucoupe volante, je ne sais pas. L'entrée de cette grotte n'est gardée par personne tellement elle est bien dissimulée.
— Quelqu'un d'autres connaît l'existence de cette chose au village ?
— Non.

C'est quelques instants plus tard dans une compression du terrain que Jack se rendit compte de l'ampleur de cette découverte.

Dans une paroi verticale protégée par un renfoncement du terrain, il y avait une ouverture naturelle.

Ce boyau avait un diamètre de moins d'un mètre. Farid récupéra une corde qu'il avait cachée sous un tas de pierres et ils firent la descente en rappel le long de ce goulet sur plus d'une vingtaine de mètres.

Ils arrivèrent dans une grotte aménagée, immense et vide. Jack était impressionné par le lieu. Farid lui montra le chemin qui continuait plus loin. La lumière pénétrait par des ouvertures identiques à celle qu'ils avaient empruntée.

C'est en contrebas dans un espace encore plus grand que Jack vit une machine qui avait l'air d'être venue d'un autre monde.
Une grosse sphère d'un métal argenté peu commun, posée sur un disque gigantesque. Cette chose bizarre trônait au milieu de la grotte.
Après quelques instants, sans bruit, ils remontèrent au grand jour. Il fallait absolument rentrer avant le retour de la garde. Farid replaça son matériel sous les pierres, et ils empruntèrent le chemin du retour d'un pas alerte.
Au moment de prendre une autre direction sur la piste étroite, un paon était immobile, regardant dans la direction de Jack et de Farid. Ceux-ci restèrent scotchés sur place comme hypnotisés par ce bel animal.
Son plumage rougeoyant et nacré miroitait comme un leurre de chasse. L'enthousiasme de Jack n'était pas partagé par Farid qui avait l'air terrorisé.

— Tu as peur des oiseaux, Farid ?
— Du Diable ! Oui. Jamais je n'ai vu de paon de ma vie, si ce n'est sur les gravures qui représentent Lucifer !
Je trouve ça, d'un très mauvais présage. D'un autre côté, il est aussi le lien entre nous et Dieu. Dans nos croyances, il est le trait d'union au divin.
Cet oiseau avait été comme un signal, une étiquette collée à leur découverte. Il cristallisait quelque chose de diffus, impalpable. À ce jour, un mal être s'était installé chez Jack et ne l'avait plus quitté.
Farid avait réagi autrement. Il avait conscience que sa culture pouvait l'emmener sur des voies irrationnelles, il avait les armes et se débrouillait toujours à combattre ses démons.

L'estoumagade

Jack le scientifique, lui, se trouvait sans réponses devant ces événements surnaturels et mystiques.

Comme un zombie de la première heure, il déambulait au bras de Farid vers la hutte de glaise. Il mit un certain temps, pour reprendre ses esprits.

Son ébranlement psychologique inexplicable l'avait transformé d'athée en agnostique convaincu !

Farid l'aida discrètement à réparer la voiture. La panne n'était pas aussi grave que Jack avait pu le penser.

Au-delà de la vision généralement partagée sur l'Irak sa traversée lui avait donné conscience de la richesse de ce pays.

Il était là, en Mésopotamie, le berceau de la civilisation, à contempler des richesses autant ethniques que culturelles.

Au volant de sa « Ford » qui était aussi le symbole d'autre chose, beaucoup plus éloignée du paon, mais que l'on pouvait associer à Satan d'une autre manière.

Après quelques jours, Jack et son petit autochtone avaient réussi à réparer la voiture. Celle-ci, glissa sur l'aube, en roue libre, s'éloignant sans bruit du village endormi.

Farid était du voyage comme promis, il avait une pêche « démoniaque » ! C'était un peu logique, bien que Jack ne réagisse plus en ces termes.

Ils arrivèrent à Faw après deux jours de route. Une ville martyre de la guerre Iran Irak, qui se reconstruisait péniblement dans un contexte d'embargo toujours présent.

Le Chatt El Arab, leur offrit des rives sablonneuses, éparses d'objets emmenés par le courant et qui rappelaient la guerre.

Ce fleuve qui longe la ville leur permis de se laver et de se reposer un certain temps, le temps de faire le point.

L'estoumagade

Il fallait que Jack parle à quelqu'un de sa découverte et avait pensé instantanément à Victor qui était dans le pays.

Ils ne s'étaient plus revus depuis trois ans, mais ils échangeaient quelques mots par téléphone, de temps en temps, pour se donner des nouvelles.

En ce temps-là, Victor travaillait dans le nord du pays, du côté de Mosul.

Une fois la découverte de l'engin expliquée à son ami, Jack se sentit plus léger. Victor le rejoignit quelques jours plus tard dans la péninsule de Faw.

Victor avait l'air traqué. Il réagissait comme une proie, jaugeant la dangerosité de chaque situation.

Jack savait que sa force mentale était telle que rien ne l'empêchait de faire ce qu'il voulait.

Son travail de grand reporter était sa première nature, et quand Jack lui parla de cette sorte de soucoupe volante, il fut tout de suite excité comme une puce. Le regard éclairé et pressé de faire un article sur le sujet.

Ils repartirent ensemble, dans les montagnes du Sinijar.

Après avoir laissé la voiture dans la vallée, ils avaient fait une longue marche de nuit pour rejoindre l'endroit. Heureusement que Farid était avec eux. Le petit guide chétif était leur étoile. Il était un « GPS » infaillible tout le long chemin. Victor faisait des clichés en rafale de l'engin, avec une pellicule infrarouge.

Une heure après, ils s'éloignèrent sans problème vers la voiture. Farid rassurait les deux aventuriers qu'il n'y avait pas d'inquiétudes à avoir d'être repérés.

Victor n'en revenait pas ! Il était certain que cet engin était l'ovni de Saddam.

L'estoumagade

Il avait toujours pensé que ces histoires dont il avait connaissance par la CIA, était le fruit d'affabulations dont le but était purement stratégique.
Maintenant la réalité dépassait la fiction.
Victor renseigna Jack sur l'engagement militaire des États-Unis à retrouver l'objet extraterrestre gardé jalousement par Saddam Hussein.
Il dit à Jack qu'étant donné cette découverte qui le laissait encore pantois, il paraîtrait que Saddam a capturé un occupant de ce vaisseau, en vie !
Victor en connaissait un rayon sur cette affaire, et corroborait la thèse, selon laquelle Bush se servait du pétrole comme alibi, alors que bien entendu "l'arme extraterrestre" était son unique objectif.
La manipulation des médias avait instillé dans l'opinion publique une guerre économique basée sur les ressources pétrolifères du moyen orient, mais la version officielle était humanitaire par la chute de Saddam Hussein et le démantèlement de sa dictature.
La vérité était encore ailleurs, elle couvait dans les montagnes du Sinijar.
Victor raconta à Jack que des écrits avaient été retrouvés par un ufologue italien "Alberto Fenoglio", près de Mosul sur le site de Niveneh. Dans la bibliothèque du Roi Assourbanipal, des cylindres d'argile gravés montraient d'une façon parabolique un voyage extra-terrestre.
Ces gravures racontaient l'histoire d'un roi venu d'ailleurs, dans un bateau tournoyant et entouré par un vortex de flammes :

L'estoumagade

Il était écrit qu'un roi, le Roi Eitan dans un bateau volant, avait atteint la Lune, Mars et Vénus.

Ce roi, après une absence de deux semaines, alors que l'on préparait déjà une nouvelle succession au trône en croyant que les dieux l'avaient emporté avec eux, le vaisseau volant était revenu. Il avait survolé la ville de Nineveh et s'était posé. Ce vaisseau était entouré d'un anneau de feu. Le feu avait diminué progressivement et le Roi Eitan était descendu avec quelques hommes. Des "blonds", qui sont restés comme ses invités pendant plusieurs jours.

Pour Jack cette histoire ne révélait en aucune façon le lien avec sa découverte. De tout temps les hommes, dans toutes les civilisations ont mystifié la réalité, pour vivre leurs croyances.

Voilà toute l'histoire. Jack pensait qu'il était en première ligne, dans le peloton d'exécution ! Il ne savait absolument pas où Victor avait caché, les clichés de l'engin.

— Donc, un incident qui se serait produit, il y a quatre ans ! La question qui se pose et de savoir si Saddam Hussein peut compter sur la coopération des extraterrestres ?
Dit Khaled, ironique.

— Oui, c'est ça ! Mais pour moi c'est une réalité, pas une question !

— Quelle preuve a-t-on de cet incident abracadabrantesque ?
Dit la Fée.

Jack lui répondit :

— Le 16 décembre 1998, au cours de l'opération Renard du désert contre l'Irak, une vidéo diffusée sur CNN a montré un ovni en vol stationnaire au-dessus de Bagdad. Celui-ci s'est éloigné pour échapper aux tirs de la défense antiaérienne.

L'estoumagade

À l'époque, tout le monde a cru qu'il s'agissait d'une simple observation d'ovni, pour une fois enregistrée en vidéo. Mais, aujourd'hui les ufologues pensent qu'il s'est agi de bien plus que d'un simple incident.

— Ce serait l'équivalent irakien de Roswell ?
Dis-je ! Avec le regard vif d'un bogue de fond.

— Tout à fait ! Aujourd'hui, les États-Unis analysent et cherchent à copier la technologie du vaisseau de Roswell et l'on craint que les scientifiques de Saddam n'enregistrent un succès encore plus marquant que les Américains dans cette activité.
Selon certaines sources, ces recherches conféreraient une avance considérable à Bagdad et pourraient même faire de l'Irak une véritable superpuissance.

À cet instant dans la chambre, Jack commençait à suinter un liquide jaunâtre par tous les pores de son corps.

Il était pris de convulsions saccadées et son visage se transformait en une véritable éponge. Je lui relevais la tête, il était aussi pâle qu'un mort ! Il m'observait d'un regard torve.

— Bon sang ! Vous n'avez pas bientôt fini ! Remuez-vous !
Dit la fée en allant se planter devant la fenêtre.

Nous étions tous à cran.

De voir Jack, dans cet état pitoyable, ne faisait qu'augmenter la pression.

Le petit Farid nous expliqua que depuis quelque temps, il avait des malaises, assez fréquemment !

— Oui, mais là, Farid, ce n'est plus un malaise !
Reprit Paula.

— Il est entré dans un état de transe comme s'il avait été envoûté !
Dit Annix, vite de retour parmi nous.

L'estoumagade

— Ahhhh ! mon pied !
cria Jack.
— Ca y est, il est en plein délire.
Me susurre Annix.
— Il m'a coupé…… Le scorpion rouge !!
Mon pied ! J'ai mal !

De temps en temps, il dressait l'oreille, mais ce n'était certainement pas pour nous écouter. Il tentait de se raccrocher à la réalité.
Tantôt scrutant le rideau perlé de la chambre déplaçant son regard à la façon d'un poisson gisant hors de l'eau.
Paula le haïssait déjà, sans le connaître. Nous étions impuissants devant sa perte de discernement du réel.
Je pris une serviette imbibée d'eau et lui posa sur sa figure enfiévrée. Je me détournais vivement, tellement l'odeur était insupportable. Je m'accroupis devant la baie vitrée, et je me laissais glisser sur le sol.
— De l'anhydride sulfureux ! Cette odeur d'œuf pourri est celle du dioxyde de soufre, une puanteur sans nom ! Comment peut-on dégager une telle odeur si ce n'est dans le ventre d'un démon !
J'observais tout en parlant par un coin de la fenêtre l'aube qui pointait à l'horizon.
Les éboueurs commençaient leur travail dans la rue glauque et insalubre. Je me souvenais furtivement que j'avais oublié de donner les étrennes aux miens ! Ceux de St Barnabé cet « endroit de rêve ! » que je ne verrais peut-être plus jamais.
L'eau eut un effet sensible sur l'état de Jack. Il commençait à se recomposer, à retrouver sa lucidité.

Nous étions tous les cinq assis, en vrac, sur les lattes encaustiquées du plancher et avions la sensation d'avoir assisté à un accouchement. L'air de la pièce pesant et malsain, avait du mal à quitter le lieu, même fenêtre ouverte.
Ce fut un accouchement sans bébé, sans césarienne auquel nous participâmes. La mère était un homme gros et barbu. Il était porteur d'un germe qui pour l'instant nous était inconnu ! On sentait que Jack voulait continuer à nous parler.
Il faisait des bulles de salive quand il expirait. Un filet de bave s'insinuait à la commissure de ses lèvres charnues.
Il réattaqua son discours sur les explications de Victor, avec une élocution à tendre une oreille attentive.

— Lorsque nous sommes allés avec Farid et Victor sur le lieu, il était clair que le chemin que nous avions emprunté n'était connu par personne. L'entrée principale était vraiment cachée.
Victor était presque sûr que derrière une paroi inaccessible près de la grotte, se cachait, ou une base militaire ou un ancien palais de Saddam reconverti en forteresse. Il avait lu que Saddam avait un palais dans cette vallée appartenant autrefois à la famille royale, une véritable place forte.
D'après ce que l'on racontait, Il était pratiquement impossible d'y pénétrer. La citadelle se dressait sur une colline, bordée sur trois côtés de précipices vertigineux. De l'endroit où nous étions, il était impossible d'apercevoir le contour de la montagne. Victor était persuadé que la citadelle se trouvait là ! Il me dit que c'est l'endroit où Saddam abrite les extraterrestres ! D'après lui, il les a séquestrés ici pour que ceux-ci ne soient pas capturés par les Américains ! Ça paraît fou, mais je vous répète ce qu'il m'a dit. Il paraît que la nuit,

personne ne peut approcher de la citadelle. Je ne connaissais pas Victor sous cet angle lui qui était un cartésien de la première heure avait changé, c'était plus le même !

On lui avait raconté que les extraterrestres avaient créé des "chiens de garde" pour Saddam. Ils ont pris des scorpions du désert, ordinaires, et grâce à leur science du génie génétique en ont fait des scorpions géants. De la taille d'une vache !

Des gardiens formidables : ils se fondent dans le désert et foncent silencieusement sur leur proie. Tout ce qu'entendent les malheureux intrus, c'est un bruit étrange derrière eux, puis une pince leur broie la nuque, une autre les jambes. La victime est plaquée au sol et frappé six ou sept fois par leur dard. La mort est presque instantanée.

— C'est le rêve que tu as fait tout à l'heure, le scorpion. Tu as rêvé d'un scorpion rouge qui te coupait un pied !

— Les histoires de Victor t'ont vraiment remué. Je crois qu'il faut que tu te refasses une santé ici, dans cet hôtel, quelques jours.

— Je suis complètement « chtarbé » tu as raison Annix, mais au fait pourquoi Denix t'appelle la fée ?

— Oh c'est parce que je transforme tout ce que je touche !

— C'est génial ! Et tu ne peux rien faire pour moi ? Tu ne veux pas tenter le diable ?

Annix était un Jedi des temps modernes, ascendant Ioda, mais pas un exorciste.

Elle pouvait en revanche combattre des phrases alambiquées, et vaincre, elle pouvait !

Il fallait toutefois qu'elle puisse sentir le frisson de l'air sur sa clochette. Malgré sa réticence, elle était prête à plonger dans l'inconnu de cet homme !

L'estoumagade

Une voiture crissa sur le gravier devant l'hôtel à l'instant même où la "fée des songes", s'avançait vers Jack !

Khaled, les nerfs à vif, tira l'arme de sa ceinture et tira trois balles dans le pare-brise par la fenêtre entrebâillée.

Nous étions complètement assourdis et abasourdis. Il avait pété un plomb ! Il nous braquait maintenant, froidement dans la lumière diaphane.

Paula dans une pirouette « Shaolinesque » époustouflante, d'un coup de pied fit voler le revolver dans les airs et maîtrisa Khaled d'une clé imparable.

L'incident n'avait pas duré plus de deux minutes. J'avais l'impression d'avoir assisté à une démonstration de kung-fu.

Il me semblait qu'on criait autour de moi !

Par la fenêtre, des voix enflaient notre œdème de huis clos.

Je descendis quatre à quatre l'escalier avec le Glock de Paula dans la chemise. La rue était d'un bouillonnant silence, un silence que l'on trouve souvent avant la tempête.

Un attroupement de badauds regardait la voiture criblée de balles, sans réaction, comme lobotomisés.

Les actes terroristes étaient le pain quotidien de ce peuple. Je n'avais pas l'intention de me livrer à un exercice de foire. Je cachais mon Gloch sous ma chemise Ralph Laurens.

J'ouvris la portière, elle se débattit comme le portail d'un château hanté. Le couinement des gonds, sur la tôle déchirée, accentuait le malaise. Je ne me laissais pas distraire. Je devais m'assurer que les occupants du véhicule étaient bien vivants. Le corps du conducteur, dans un déplacement fluide, chuta sur le sol au rythme de l'ouverture de la portière.

Un trou de 9 mm ornait son front.

Pendant ce temps, dans la chambre, Paula maintenait Khaled et essayait de comprendre son geste.

Annix revenait auprès de Jack pour réaliser son vœu. Elle s'avançât lentement vers la tête du lit où Jack avait trouvé refuge.

Sa main frôla ses épaules puis vint se poser sur l'avant-bras de Jack. La volonté de le guérir se concentra sur son imposition de main. Elle ressentait les vibrations de son corps qui lui transperçaient la main.

Un échange de forces s'établit entre elle et lui, sans connaître ni de son intensité ni de sa direction. Une chaleur moite envahit l'espace.

Annix avait la sensation de ne plus pouvoir quitter le corps de Jack. Sa main était carrément soudée à son bras par une force mystérieuse. Paula devinant quelque chose de bizarre s'approcha de cette fusion humainement diabolique.

Elle voulut dire un mot, mais devant la puissance de ce spectacle, désemparée, elle revint d'où elle était parti à reculons pour ne pas perdre une miette.

Une espèce de shining s'était créée, entre Jack et la fée clochette. Maintenant, cela faisait plus de cinq minutes, qu'elle avait posé sa main, et l'escalade continuait. Les yeux de jack révulsés criaient une muette souffrance. Sa bouche comme paralysée et entre ouverte distillait une bruyante quiétude.

Des flux se mêlaient, les atomes de Jack et ceux de la fée se rassemblaient à l'interface de leur peau. Annix sentant qu'elle se mettait trop en danger, se décolla de l'amalgame formé par leurs deux corps. Sa main se libéra de cette emprise d'un coup sec. Le choc fut brutal pour Jack qui s'évanouit.

Quelque instant plus tard, il se réveilla demanda l'heure, il était sonné mais lucide.
La fée l'avait fait, c'était une bonne guérisseuse ! Paula fit remarquer à Annix, une petite excroissance de chair que Jack avait maintenant, sur son bras. À l'endroit même, où Annix avait posé sa main. Une sorte de petit chou-fleur avait poussé sur le bras de Jack.
La couleur, la forme, tout y était !
Un chou-fleur réglementaire mais modèle réduit et avec une profusion de protubérances !
Au chevet du mort, je dévisageais les uns après les autres les curieux attroupés en cercle autour du véhicule.
Ils avaient l'air de dire " pourquoi ? ".
Je faisais de grands gestes de négation pour bien leur montrer que je n'étais pas coupable de ce meurtre.
Au même moment, le passager, profitant de mon absence de vigilance, sortit un revolver et me tint en joue.
Son état n'était pas très brillant. Une tâche de sang prenait possession du coton de sa chemise. Ses mouvements étaient lents, il agissait en pur instinct de conservation. Il savait que son heure était venue et s'apprêtait à tirer.
Je perçus ce moment-là, en un éclair.
Je fis un pas sur le côté, sorti mon Glock, et lui administrais une bastos dans le buffet.
Je n'avais pas le choix. L'odeur de poudre, en ce début de matinée, me provoqua un haut le cœur.
Un brouillard épais et lumineux sévissait autour de cette réunion macabre, rendant la situation parfaitement exécrable.
Un homme grand et maigre sorti de la foule avec l'intention de me porter secours. Je n'avais pourtant plus rien à craindre de

ces deux hommes refroidis, l'un par Khaled l'autre par moi-même. Cet homme de type oriental s'exprimait en français, ce qui me rassura quelque peu.

En observant les deux corps inertes, l'homme me fit remarquer quelque chose d'insignifiant, pour détendre l'atmosphère :

— Regardez ces deux hommes, ils ont le même signe astral ?

— Pardon !

— Oui, sur le bras, ce tatouage

Les deux hommes portaient un scorpion rouge à l'attache du poignet.

J'avais l'impression qu'une sorte de machination satanique s'était installée autour de nous, laissant émerger le symbole de son existence :

Le scorpion rouge.

Cet animal était le lieu commun, le centre de gravité de notre histoire. La coïncidence, le hasard n'étaient plus possibles, trop d'éléments se recoupaient. Désormais, il fallait raisonner différemment de notre enseignement carré.

Il fallait englober une partie ésotérique et irrationnelle, à notre réflexion.

Les événements qui s'étaient succédé faisaient apparaître des symboles puissants, comme le « paon écarlate » qui avait détruit le psychique de Jack.

Le « scorpion » aussi, que l'on retrouve dans l'histoire de Victor et dans les rêves de Jack. Tous ces symboles avaient une emprise sur nous, sur notre comportement.

La foule commençait à se disperser. J'en profitais pour remonter dans la chambre, fi ça ! L'arrivée tardive des forces de l'ordre, dans le désordre de ce pays, nous laisserait peut-être une chance de nous enfuir.

Oui, mais voilà, nous étions confrontés à deux autres problèmes. Celui de Khaled qui était devenu fou ! Et celui de Jack dont l'état vacillait d'une relative tranquillité, en une torpeur absolue.

Annix, Paula et moi-même formions une sorte de « triumvirat » à la cohésion renforcée par la nécessité.

Les décisions dorénavant nous appartenaient. Dans la confusion, Farid lui, nous avait définitivement faussés compagnie.

Chacune des deux filles, avait de quoi s'occuper avec ces deux lascars. Paula et Khaled, Annix et Jack, deux associations ou le yin et le yang s'affrontaient.

Moi, modestement comme à mon habitude je me chargeais de conduire le Range pour quitter Bassora au plus vite.

Après avoir rejoint tant bien que mal notre véhicule, je prenais la direction d'Oum Qasr, qui était une ville frontalière du Koweït.

Le Tigre et l'Euphrate se rejoignaient à Bassora pour former le Chatt al Arab débouchant sur le Golfe Arabo-Persique, par un vaste delta.

Comme nous, les deux fleuves avaient fait une union sacrée, en mêlant leurs eaux, à Bassora. Notre rendez-vous avec Jack dans cette ville était encore un symbole fort !

L'Irak dans cette partie, ne possède qu'une vingtaine de kilomètres de façade maritime sur le Golfe. C'est une zone composée de lagunes et de marais. C'était ici, que la communauté chiite s'était opposée au régime de Saddam Hussein au début des années 1980, avec le soutien de l'Iran. Après le soulèvement déclenché dans la région de Bassora

pendant la guerre du Golfe, les chiites avaient subi une répression brutale de la part du régime.
La chaleur étouffante était amplifiée par les râles de Jack et par le refus d'obtempérer de Khaled qui criait comme un forcené.
J'étais prêt à tout pour m'en sortir.
– Je ne laisserais personne derrière moi !
Me disais-je.
La puissance qui m'était donné, de conduire cette armée en déroute je ne sais où, me sublimait ! De décider quel chemin prendre, me rendait euphorique, immortel.
Pourtant au fond de moi, je savais que la route réserverait encore des surprises.
Moi, qui pendant des années avais coincé la bulle sans retenue, disciple inconditionnel d'Erasme et de son "Eloge de la paresse" ou de Foucault ! Je ne sais plus ! Souffrant de la moindre contrariété, je me retrouvais désormais dans une aventure typique de roman.
De « Guest Star », j'étais passé au statut d'acteur principal en l'espace d'une matinée. Les routes chaotiques qui descendaient vers la baie, étaient bordées de marais et de lagunes, dont la caractéristique majeure était la pollution.
Les champs pétrolifères abondaient dans cette région et le profit pour les revendeurs d'or noir était maximum, au détriment de l'environnement.
La conscience de l'écologie n'était pas d'actualité ici, ils avaient d'autres chats à fouetter. Pensais-je.
Paula avait calmé Khaled, lui racontant des histoires d'une naïveté enfantine, à pleurer ! Ça avait l'air de marcher.
Il était recroquevillé sur la banquette, la tête posée sur le ventre de Paula. Cet homme aux allures de fœtus materné par la

grande rousse, faisait une régression à l'image de sa posture natale.

Paula lui remémorait des souvenirs d'école et de l'université, d'une voix tellement édulcorée et mielleuse, que Khaled était figé d'un sourire béat rendant la situation pour le moins attendrissante.

Malgré tout, ce Khaled, avec sa maturité en dessous de zéro, avait intuitivement compris que les hommes qui avaient déboulé au pied de l'hôtel dans un nuage de poussière étaient au service du colonel Abdallâh Khalil.

Lui-même n'en avait pas encore pris conscience. Il avait agi comme un robot, avec une sorte d'intelligence tissulaire, concrète, à la manière d'un animal dans la sublimation de son esprit.

Les explications que lui avaient fournies Paula, les armes et les tatouages que portaient les hommes, ne suffisaient pas à chasser la culpabilité de son acte déraisonné.

Khaled était comme emmuré dans son univers de certitudes et de rationalité.

Impossible de lui faire admettre que son acte avait été, a posteriori, nécessaire.

Il nous avait sauvés la vie sans l'ombre d'un doute, mais dans notre scénario il était devenu un « figurant passif ». La grande rousse lui faisait des œillades énamourées qui ne le laissaient pas de bois. La douce température de son ventre et l'odeur musquée de son pantalon en tweed, provoquaient en lui des picotements de bonheur, jouissifs.

Pourtant, régression, n'est pas synonyme d'érection. D'un côté on descend, de l'autre on monte ! « C'est normal » comme disait Areski dans une chanson de Brigitte Fontaine. On peut trouver un lien, aussi absurde soit-il, entre les choses et en faire un postulat.

Tous les deux, avaient trouvé le leur. Le lien ténu qui les unissait était filé par un tisserand généreux qui savait que la solidité n'était pas forcement proportionnel à la grosseur du fil. Khaled la tête toujours posée sur le ventre de Paula faisait avec ses doigts toujours en mouvement, des boules de laine, de son pull.

Dans l'étuve où nous vivions, il avait gardé son pull et transpirait comme un bœuf !

Néanmoins il était impossible de lui enlever ! Il disait qu'il était "cool " ! Notre état mental général, empirait " grave ".

Jack, quant à lui, prenait des cachets à la fréquence d'un par kilomètre, en moyenne. C'est quand j'ai dit à la Fée qu'elle déconnait un peu de lui en donner autant, que je compris que je n'étais pas l' « acteur principal ».

Eh, tu as toujours raison ! Tu n'y comprends rien ! En d'autres termes conduis, et tais-toi ! L'invective était disproportionnée. Même Paula était sortie de sa douce romance ébranlée par le son électrique de l'organe vocal de la fée.

Il faut dire qu'avec humour, j'avais fait un rapide calcul, qui montrait qu'à ce rythme de prise, Jack, à la frontière Koweitienne serait le possesseur gastrique, d'une centaine de cachets !

Annix revint sur terre, et s'excusa. Elle étaya une théorie que seul le désert était à même de comprendre.

— Si je ne lui donne pas ces médicaments, son chou- fleur prospère !

— Je ne comprends pas ce que tu dis !

L'estoumagade

— Ne sois pas obtus, Denix ! Tu vois, dès que je lui donne un cachet sa boursouflure a l'air de diminuer. Malheureusement, l'effet dure peu de temps, c'est pour cette raison que je lui donne cette dose massive. Le problème devient plus ardu car maintenant, ça tire plus de l'emplâtre sur une jambe de bois qu'autre chose. Le produit est de moins en moins efficace dans le temps et cette sorte de végétation à tendance à grossir !
— Quelle sorte de cachet, tu lui donnes ?
— Un anxiolytique quelconque.
— Donc à l'évidence, Jack doit être apaisé pour voir son chou-fleur diminuer ! c'est ça ?
— Oui, tout à Fée. Je pense qu'il faudrait substituer le médicament par quelque chose de plus naturel ! Je ne sais pas, on pourrait essayer de lui parler, le rassurer ?
— J'ai déjà essayé, sans résultat. Il est incapable de se laisser envahir par des idées positives. Il est comme une personne endoctrinée, persécutée, par je ne sais quoi ?
— Moi, je sais ! On va un peu le faire fumer !
Dis-je, d'un ton énigmatique.
Après deux joints de haschich, le chou-fleur avait un peu diminué.
Nous étions sur la bonne voie.
Le cannabis avait de l'influence sur le chou-fleur, mais ce n'était pas réciproque. La réserve de "beu" diminuait au gré de la géométrie du légume.
Une parenthèse s'ouvrit.
Dans la voiture, tout allait bien !
Entre un chou-fleur fumeur de ganja ! Une Fée caracolant ! Une poupée Barbie sur le retour et son poupon barbu ! J'étais

L'estoumagade

presque le plus normal, avec ma bouche sèche et mon regard plombé.
Cette parenthèse ne tarda pas à se refermer.

L'estoumagade

SADDAM

Saddam Hussein a toujours eu une très haute opinion de lui-même. Il pensait qu'il était le digne descendant du roi mythique de Babylone « Nabuchodonosor ».
Depuis toujours, régnait en lui la peur d'être spolié par son peuple.
Il faut dire qu'il avait dirigé son pays d'une main de fer et n'avait reculé devant aucune atrocité pour asseoir son pouvoir. Le régime de terreur qu'il avait instauré, avait réduit le peuple à une soumission totale. Il avait une peur inconsciente que la pression devienne trop forte et que le couvercle de la marmite saute.
Comme dans toute dictature, le culte de la personnalité faisait que la crainte se muait en vénération. Il avait été perçu comme une héro, luttant entre autre et surtout contre l'impérialisme américain. Le parti "Baas" qui signifie "renaissance d'un ordre nouveau", était l'instrument majeur de son système où l'intimidation prévalait sur la force.
La chute de Bagdad, le neuf avril 2003, marque la fin officielle du régime du parti Baas en Irak et l'entrée dans la clandestinité de Saddam Hussein. Après plusieurs mois passés dans la clandestinité, il est arrêté dans une cave par l'armée américaine

L'estoumagade

à Tikrīt dans la nuit du 13 au 14 décembre de la même année. Le régime de Saddam, même sans lui perdurait. Il avait maintenu grâce au parti, une pression à la fois modérée et constante sur la vie de chacun. Cette pression, avait suffi à garantir la collaboration superficielle d'une population, réduite à la passivité et à l'indifférence. Le parti Baas modelait les hommes du peuple. Les plus opportunistes et sans scrupules voulaient intégrer les rangs, pour se sortir de la misère. Entre autres, Khalil Abdallâh qui gravît tous les échelons jusqu'au grade de colonel, grâce à l'inquisition qu'il avait instauré sur le peuple. Il était d'une intelligence peu commune et la mettait à profit pour traquer, exécuter les opposants au régime. Le nombre de morts qui lui était imputé directement était absolument effarant ! On parlait de 10 000 morts. Sa collaboration avec Saddam, fut de plus en plus rapprochée, si bien que le Roi le chargea d'une mission secrète, particulière. Il commença à lui raconter un épisode de la guerre "Desert Storm" ou un "F16" de l'armée américaine avait abattu un « ovni » au-dessus de l'Arabie Saoudite pendant des raids sur Bagdad. Il lui expliqua que ce vaisseau extra-terrestre avait atterri dans le désert, qu'ils avaient pu le récupérer et qu'il était maintenant en sécurité.

Des chercheurs irakiens depuis cette date analysent les structures de l'appareil, pour réaliser une arme redoutable.

Saddam pensait qu'il serait bientôt le maître du monde !

Il savait que les émissaires américains, soit disant pour constater l'absence d'armes de destruction massive, n'étaient qu'une façade.

L'estoumagade

Les services secrets Irakiens avaient eu la certitude que dans le groupe de diplomates étasuniens, se cachait un espion chargé de découvrir la cachette de l' « ovni ».
Khalil, mon frère, je te confie la tache de retrouver cet homme au plus vite et de l'éliminer.
« Tu sais que tu n'as pas le choix. Le moindre échec de ta part met ta famille en danger de mort ! »
Lui avait dit Saddam.

L'estoumagade

SUR LA ROUTE

— Écoute Denix, on ne peut plus rouler comme ça !
— Pourquoi ?
— Jack est mal en point, et avec la vitesse et les bosses, ça n'arrange pas la sauce !
— Bon, je reconnais que vous avez du travail avec ces deux zigotos, mais moi je n'ai pas envie de traîner comme une vieille pute dans ce coin longtemps ! Malheureusement on ne peut pas tout avoir. Jack a perdu l'esprit, et j'ai bien peur qu'il ne se remonte pas ! On ne va tout de même pas se sacrifier pour un homme « moitié légume, moitié mec » comme disait Gainsbourg.
— Tu es horrible !
Me dit Paula.
— Laisse, Paula ! Nous ne sommes plus assez efficaces pour continuer la route avec vous. Je propose que vous nous laissiez dans la prochaine ville, je tacherais de trouver un dispensaire, pour soigner Jack.
On se retrouvera peut-être, ailleurs, qui sait ?
Dit Khaled.

L'estoumagade

— Il n'est pas question que je te quitte encore une fois. Tu as repris de la force, et je t'aime ! Ça te laisse si indifférent ?
Lui répondit la rousse enflammée.
Finalement, après les palabres habituelles qui nourrissaient notre envie de vivre, nous avions repris notre train-train habituel sans plus se soucier des problèmes du moment.
La route se séparait en deux directions.
J'étais mort, j'avais l'impression d'être né un volant dans les mains et il fallait absolument que je m'arrête quelque part quitte à faire un petit détour. Un village avait l'air de nous tendre les bras à quelques kilomètres. En fait tout le monde avait besoin de souffler un peu.
Les tatouages de scorpion sur le bras des victimes de Khaled étaient toujours présents dans mon esprit et je n'arrivais pas à dissiper ces images qui me tarabustaient.
Je pensais à autre chose, mais en même temps, comme la mémoire morte d'un ordinateur, latente, le scorpion venait se superposer à mes tentatives de diversion.
Je m'étais accroché à l'histoire que Victor raconta à Jack à propos des gardiens du palais.
Par le besoin constant de mettre une étiquette aux choses, le cerveau est amené parfois à créer ses propres "données", par manque de cohérence, un peu à la manière d'une bande dessinée. Les tenants et les aboutissants de cet écheveau d'événements sans liens évidents, rassemblés dans l'hypothalamus et rendus sous forme de connexions neuronales irréversibles, donnaient aux chimères une apparence de réalité.

L'estoumagade

La "curiosité", qui ornait le bras de Jack, encourageait mon inconscient à fabriquer de nouvelles images. Je voyais dieu et le diable, en train de faire un bras-de-fer.

Quand le diable avait l'ascendant sur Dieu, le chou-fleur de Jack augmentait. Quand l'équilibre revenait, la grosseur diminuait. Je voyais sur le bras de Jack, un rapport de force entre Dieu et le diable.

Malgré cette avalanche d'idéogrammes permanente, il fallait trouver un endroit pour se reposer un peu.

Nous vîmes une maison dans le village, un peu en retrait de la route qui proposait d'une certaine manière « le gîte et le couvert ».

Je garais le "Range" sous une espèce de tonnelle en canisses qui la cachait complètement. J'étais plus en sécurité de savoir la voiture à l'abri des regards.

Le propriétaire des lieux était un paysan chiite, qui ne semblait pas être offusqué par notre arrivée. Nous étions les seuls clients de cette sorte d'auberge.

Les américains, il ne pouvait pas les voir, même pas en peinture ! Khaled lui dit, que l'on était français, et que nous faisions partie d'une mission humanitaire.

L'homme était barbu, petit et maigre. Un turban s'enroulait autour de sa tête, comme sur une quenouille.

On aurait dit un charmeur de serpents. En silence, il nous dévisageait les uns après les autres comme pour nous sonder. On sentait que sur lui, la guerre avait laissé des traces indélébiles.

Mustapha nous fit entrer dans le salon, et partit un moment. Il revint avec du thé et des petits gâteaux. Ces gâteaux dont la richesse était inversement proportionnelle au pays.

L'estoumagade

L'aversion qu'il avait des Américains datait de la fin de la première guerre du golfe. Il nous dit qu'il y avait eu un soulèvement ici, dans le sud de l'Irak, sous les yeux des militaires américains qui dominaient toute la région à cette période.

Les rebelles ne réclamaient pas le soutien américain. Tout ce qu'ils réclamaient, c'était d'accéder à l'équipement militaire irakien, et d'avoir une certaine protection contre les réactions de Saddam Hussein.

Les États-Unis refusèrent de leur accorder cette protection. Ils refusèrent de laisser les rebelles, accéder aux équipements irakiens.

Les militaires US n'empêchèrent pas les hélicoptères irakiens, de massacrer les rebelles. Pendant que Saddam Hussein procédait à une répression brutale et meurtrière du soulèvement dans le Sud, les soldats américains ne s'étaient pas manifestés et ils ont fait exactement pareil contre le soulèvement kurde.

Cette fois encore, ils n'ont pas levé le petit doigt, jusqu'à ce que la pression publique devienne si forte qu'ils ont été obligés de faire semblant d'agir. En fait à cette époque les américains voulaient que Saddam Hussein écrase les soulèvements, et garde le pays uni.

Ici, dans cette région des milliers de bombes ont explosé, pendant la première guerre. Les systèmes de traitement de l'eau ont été anéantis, les égouts éventrés et plus de courant électrique pour s'alimenter.

Moi, je pense, nous dit Mustapha, que la vraie guerre bactériologique est celle-là.

L'estoumagade

— Ils ont favorisé la présence de germes, de bactéries de toutes sortes, c'était une attaque biologique, sournoise.
Paula, coupa court le discours de Mustapha, pour orienter le sujet vers Jack qui semblait ne plus être avec nous.
Il tenait assis par l'emprise du dossier sur son corps avachi. Notre hôte ne le calculait pas une seconde, comme s'il savait que le mal qui le touchait ne pouvait pas être combattu avec un remède classique.
La fée demanda à Mustapha s'il était possible d'avoir une chambre pour Jack.
Une fois installé dans un lit aux couvertures bariolées, il marmonna quelques paroles dans le silence de la chambre.
La fée se rendit à l'écoute du malheureux. Des mots étaient portés par un effluve d'acétone, comme les notes d'une musique rance sur une gamme désespérée.
Musset a dit " les chants les plus beaux sont les chants les plus désespérés ". La fée prenait la mesure de la force de ce message.
La voix chevrotante de Jack fredonnant une sorte de mélopée macabre, émue la Fée Clochette. Il essayait de dire en substance qu'il avait été envoûté par « le paon écarlate » qu'il avait vu sur un chemin.
La fée posa la main sur son front, il était brûlant. Ses yeux étaient irrigués par un sang noir, qui augurait le manque d'oxygénation de son cerveau.
Le chou était d'une forme différente, il s'était allongé. De petites terminaisons nerveuses parsemaient sa périphérie, provoquant une rétractation à tout contact étranger.

— Ce chou a une âme !

Se dit la Fée, avec une pointe d'inquiétude.
C'est vrai qu'il fonctionnait un peu comme en autarcie.

L'estoumagade

Il était le pouvoir et l'exécutif du délabrement de Jack, un chou qui poussait sur un terreau humain.
Les cachets, le haschich, plus rien n'avait d'influence sur la chose qui grossissait comme un sexe.

— Moi qui ne suis pas jaloux du tout, je commence à être jaloux de Jack, et de son chou-fleur priapique ! Au fait ! Cette aventure a anéanti mon reste de libido. Je n'ai pas eu une seule érection, depuis notre départ de Bassora.

Dans une agitation frénétique, l'élection présidentielle était imminente. La grosse pomme, était rongée par des politiciens véreux, qui employaient tous les moyens pour être élus.
New York sentait la poudre et le chaos à venir pour l'un des deux candidats.
John Kerry était en bonne position dans les sondages, non pas pour ses valeurs propres, mais pour l'homme qui écarterait Bush de la politique. Les derniers jours avant le scrutin, les conservateurs reprirent le dessus contre toute attente, et finalement Bush a été réélu.
La conjoncture n'était pas favorable quant aux conséquences de cette réélection.
Le pacte qu'avaient conclu les émissaires concernant le secret des bunkers avait été tenu, mais le résultat escompté, la stratégie des irakiens s'était révélée infructueuse. Même le fait de n'avoir pas trouvé d'armes de destruction massive n'avait pas empêché Bush de gagner. Cette nouvelle investiture risquait de mettre le feu aux poudres. Un virus mortel attendait le moment, pour déverser la mort dans une ville américaine.

L'estoumagade

LA BOMBE

Une sortie d'école dans le quartier de Brooklyn reste une sortie d'école, comme ailleurs. Les élèves, dans un bourdonnement de ruche enfumée, sortent comme si une alerte à la bombe avait été donnée.
Dans la précipitation, comme des électrons ayant perdus leur orbite naturelle, ils libèrent leur énergie en courant dans tous les sens pour retrouver la stabilité atomique du noyau familial.
Tous ces minois bariolés cherchent du regard les parents qui sont venus les récupérer. Parfois dans ce contexte d'urgence, il y avait toujours des laissés-pour-compte.
Un regard perdu, une peur panique, des sentiments agrippés, sans fards, sur le relief de ces petites frimousses orphelines d'un instant.
Le plus souvent les parents sont au rendez-vous avec quelques secondes de retard et alors les embrassades sont encore plus chargées d'émotions.
Rida virevolte sur place. Il cherche ! Lève le menton pour voir plus loin du haut que de son mètre vingt, rien pas l'ombre de son père à l'horizon !

Une mère attentive ayant remarqué l'enfant vint à son secours. Elle lui demanda où il habitait et se proposa de le ramener chez lui. Le fait était rare.

Djamel avait toujours été d'une ponctualité et d'une régularité sans faille jusqu'à ce jour. Sa femme restait à la maison pour garder les deux frères, en bas âge, et Djamel en quittant son travail, venait attendre Rida, devant l'école.

Djamel et sa femme Leila avaient grandi à Brooklyn. Ils avaient eu une scolarité tout à fait normale.

De confession musulmane modérée, ils représentaient l'archétype parfait d'un modèle d'intégration réussi. Djamel était laborantin dans une entreprise de produits chimique, spécialisée dans les explosifs.

Un signal, un coup de fil, avaient changé un père de famille au-dessus de tous soupçons, en un soldat de dieu instrumenté par un Islam radical.

Sous le squelette de "Brooklyn Bridge" affluait le sang noir du terrorisme comme les eaux de l'East River par temps de pluie.

La fréquentation assidue de la mosquée d'Al Farooq sur Atlantic Avenue, l'avait d'une manière discrète détournée de la parole originelle de l'Islam par une frange intégriste.

C'est dans cette mosquée qu'un ecclésiastique Yéménite avait été récemment fait un don de 20 millions de dollars à Ousama Ben Laden !

Djamel devait par un ordre suprême, amorcer une bombe chimique placée dans un endroit encore inconnu.

L'élection de Bush serait de toute manière le déclencheur de cette bombe.

L'estoumagade

Même si les accords avaient été tenus, le terrorisme aveugle des groupes Salafistes ne faisant pas dans le détail. Bush réélut, la bombe exploserait.

Djamel était pris entre deux feux, sa religion et sa famille.

Devait-il sacrifier sa vie paisible d'américain moyen pour une conviction religieuse incertaine ?

Il était en prise à ce tiraillement en permanence. Dès qu'il s'éloignait de la mosquée, il prenait conscience que cet acte était inhumain, mais l'influence de certains mollahs à son retour parmi les fidèles le replongeait dans la situation de guerre sainte.

La décision était prise, il savait que cette bombe dévastatrice allait répandre la mort dans sa ville. Aussi son seul souci était de commencer à préparer le départ de sa famille dans une autre ville. L'idée était liée à l'acte, l'oreille au cœur, le signe au sens.

Une pluie épaisse et visqueuse sur les poutrelles galbées du pont suintait comme une transpiration animale.

Les tirants reliant les armatures ressemblaient à des lianes. Ils soutenaient le tablier du pont, courbé comme la croupe d'une femme précontrainte par un amant fougueux. L'architecte devait être un peu "sado maso" pour avoir imaginé un tel carcan de tenseurs de toutes sortes.

La nuit tombait sur New York. Leila demanda à Djamel, une fois couchés, les raisons de son silence. Il répondit qu'il avait des soucis de travail, mais que ce n'était rien.

Malgré tout, il n'arrivait pas à donner le change. Leila sentait quelque chose d'anormal chez lui.

Deux jours plus tard on lui indiqua l'emplacement de la bombe, et la procédure pour l'activer.

L'estoumagade

L'objet en question, était installé dans un squat abandonné, sur Atlantic boulevard.

Il prit un attaché case contenant les outils nécessaires à l'opération, ainsi qu'un conteneur blindé, gros comme une boite de coca. Ce conteneur était le réceptacle de l'ampoule du virus.

Une fois arrivé, il chercha la bombe à l'endroit qu'on lui avait indiquée.

Il ne trouva que le détonateur et deux pains de "Sintex" reliés à une pile. Il manquait le tube contenant le virus.

Dans un affolement incontrôlé, il fit le tour de son cerveau pour trouver une solution.

Il fallait retrouver cette éprouvette. Qui aurait pu trouver cette petite installation électrochimique mortifère à l'endroit exigu où elle était placée ?

L'estoumagade

MARIA

Cette petite fille brune de dix ans et demi dans son jean raccommodé et ses baskets troués s'appelait Maria.
Une petite "Caboco" (métis), américano-brésilienne, à la démarche chaloupée. Elle jouait inlassablement avec sa découverte. Un petit tube en Plexiglas gainé d'acier qui contenait un liquide aqueux et fluorescent.

L'estoumagade

MUSTAPHA.

La soirée chez notre « aubergiste » oriental avait pris une tournure plus agréable. Jack était couché, Khaled avait totalement retrouvé sa lucidité légendaire et Paula tombait carrément en pâmoison devant lui.
Annix était occupée à mettre de l'ordre dans son sac à dos, visitant les poches une à une, pour faire l'inventaire de son bric-à-brac. Elle jeta un œil haineux sur le microfilm, en pensant que le départ de leur histoire lui était imputé directement, alors que maintenant, celui-ci n'avait plus une importance capitale.
Nous avions décidé que dans tous les cas, nous livrerions le secret des bunkers qu'après les élections.
Mustapha avait sorti un Narghilé de derrière les fagots, et nous tirions lui et moi des bouffées d'une herbe rouge, qui désinhibait quelque peu l'atmosphère. Je lui parlais de "l'herbe rouge" le roman de Boris Vian. Il ne connaissait pas et je voyais qu'il avait envie de parler d'autre chose. Moi j'étais "fait comme un rat " avec cette herbe folle.
D'une position indolente, Mustapha passa comme s'il avait été traversé par un cimeterre, à une position tendue, les mâchoires

crispées, les yeux écarquillés ! Il était assez impressionnant dans cette posture.
On aurait dit qu'il voulait nous montrer quelque chose.
Une position qui devait être liée à la concentration ou comme pendant une séance de spiritisme, celui qui veut convaincre à tout prix l'incrédule.

D'un ton monocorde il nous dit :
La forteresse de "Qalaat-e-Julundi" est, je pense, la cause indirecte de l'état de votre ami.
— Ce que Jack a contracté n'est pas une maladie de peau, ni une maladie de son esprit. Jack est la proie d'un sortilège, d'un envoûtement.
Chez nous, dans notre pays, nous avons une culture si différente de la vôtre, que vous risquez d'avoir un peu de mal à comprendre.
Nous dégageons des objets, une symbolique, qui rend ceux-ci comme vivants.
L'inconscient collectif du peuple fait le reste. Nous sommes dominés par des forces passives qui nous maintiennent toujours dans une culture empirique, où l'obscurantisme sert malheureusement le pouvoir.
Moi-même, je suis animiste par la force des choses. Rien que cette phrase peut vous le faire comprendre. C'est pourquoi tous les signes qui sont pour vous anodins, sont pour moi d'une connotation mystique.
Enfin, je continue. Dans cette forteresse qui domine la rivière "as Zab as-Saghir", j'ai servi le Roi de nombreuses années.

L'estoumagade

J'étais un soldat de Dieu pur et dur, jusqu'au bout des ongles. Fanatisé par un lavage de cerveau, qu'on nous faisait subir, sans relâche. Les esprits étaient émulés par les esprits. Les uns nourrissaient les autres, et réciproquement. Aucune alternative n'était possible, du moins je le croyais. Jusqu'au jour où le roi fit exécuter ma femme et mes deux enfants pour me punir d'une faute que je n'avais pas commise.
Le chef de la secte des « scorpions rouges » fut la personne qui ordonna la mise à mort de ma famille.
Cet homme n'est autre que le colonel Abdallah Khalil.
Depuis ce jour je me suis enfui de la forteresse, un peu comme votre comte de "Monte-Cristo". Vous voyez, je connais bien votre littérature ! J'ai passé des mois, à me nourrir de racines, et à recueillir un peu d'eau dans certain cactus. J'étais exilé dans le désert, banni.
Ma capture aurait été commuée, en peine de mort. Je ne la craignais pas, mais mon seul besoin de rester sur cette terre de souffrance était celui de venger ma famille.
Au bout d'une année d'errance, je me suis retrouvé ici, à la lisière du désert. J'étais à bout de forces et, un vieil ermite qui fut mon maître me soigna et me proposa de vivre dans sa maison. Depuis ce grand homme et mort, et je reste seul à méditer et à attendre un message divin sur la façon dont je pourrais m'y prendre pour tuer Abdallah Khalil. Vous êtes les messagers que j'attendais !
Inchallah !
Vous savez, le colonel avait un pouvoir immense auprès du roi ! Tous ses désirs aussi sordides qu'ils pouvaient être, lui étaient exaucés. Il faut que vous restiez un moment ici, dans

cette zone éloignée, et quasi déserte. Il faut éviter à tout prix la foule si vous voulez vous en sortir.

Le colonel et ses hommes de main ont un signe particulier, que vous connaissez bien. "Le scorpion rouge ".

Une partie de la population, pour quelques dinars et la faim aidant renseigne le pouvoir en tissant une sorte d'Internet humain, sur les proscrits, les évadés.

La délation se fait, sans état d'âme. Tous les soldats corrompus, portent un scorpion noir tatoué au poignet. Quiconque possède ce scorpion, doit immédiatement signaler la moindre anomalie sur une personne douteuse, subversive, etc.

Dans le cas contraire, il serait exécuté, n'ayant pas été un serviteur digne d'un roi aussi magnanime.

J'ai moi-même au poignet le pacte que j'ai fait avec le diable. Mais pour moi la sentence n'a pas été validée à ce jour, par miracle !

Je reviens à la forteresse. Celle-ci culmine au-dessus de cet affluent du Tigre l'as Zab as-Saghir. Il prend sa source en Iran et traverse le pays Kurde dans le nord-est de l'Irak, en Mésopotamie. Il se jette dans le Tigre, à l'ouest de "Kirkuk".

Cette vallée vous savez, fut le théâtre d'atrocités, notre dictateur n'a pas hésité à y gazer des milliers de Kurdes. Et dire que c'est aussi le supposé berceau de la civilisation. C'est à Zarzi, dans une grotte, que l'on a retrouvé les plus anciennes traces d'occupation humaine. Elles ont été datées du paléolithique.

Khaled coupa sec, le discours de l'ermite érudit.

— Mustapha, nous comprenons ta souffrance, et tu nous apprends des choses sur ton pays, qui peuvent te causer de gros problèmes. Tu ne manques pas de courage. Je dis

L'estoumagade

Chapeau ! Mais nous tu vois, nous on est à bout, et l'on aimerait partir chez nous.
Jack n'est pas très frais, et j'ai bien peur qu'il finisse le voyage ici. Nous sommes en fuite, poursuivis par ce colonel de merde ! Tout ça, à cause de ce pauvre Jack, qui a vu un "vaisseau extraterrestre" ! Je rêve !
J'ai fait des missions d'autre envergure dans le monde entier, jamais je n'ai été confronté à autant de problèmes insolubles.
Il faut dire que je suis là, en compagnie de la fine fleur de l'espionnage mondial ! Paula qui me traque comme une bête !
Annix qui transforme tout ce qu'elle touche en chou-fleur !
Denix qui se prend pour le "Rais" lui-même, et moi qui suis dans un état de nerf qui me rapprocherait plus d'un tendon que d'un amas graisseux !
Paula avait quelque chose à dire à Khaled :
— Écoute-moi bien ! Tu sors à peine d'un état comateux et tu nous fais le discours de la méthode en critiquant notre groupe !
Nous sommes là, réunis par la force des choses ! Tu ne crois pas tout de même pas que notre destin était de rencontrer Mustapha, par exemple ?
Et au fait, dis-toi que si je n'avais pas été là, quand tu as pété les plombs, alors que tu étais doux et fragile comme un animal blessé, tu serais encore en train de couiner comme un cochon qu'on égorge.
Au fait un animal blessé ne se traque pas ! En général on le prend sous son aile jusqu'à sa guérison. Ce que j'ai fait pour toi, Annix l'a fait pour Jack. C'est un geste simplement humain, que tu n'as pas l'air de comprendre !
Tu es comme Denix, sans états d'âme !

Nous sommes confinés comme quatre chicots dans une bouche édentée, attendant passivement notre extraction.
Il faut réagir "corne d'aurochs" !
— Tu nous sors des expressions « zarbi » et je me demande où tu vas les chercher, surtout pour une Américaine ! Et au fait Paula, tu crois que c'est possible de couronner des chicots ?
— Très drôle Denix, je reconnais là, ton humour débile !
Cette envolée verbale dura jusqu'au moment, où l'on entendit des bruits bizarres venant de la chambre de Jack.
Le bruit du piétinement saccadé des pas dans le couloir me faisait penser à une rafle Nazi sous l'occupation. Nous avions comme un seul homme, pris le départ d'un cent mètres pour rejoindre Jack. Le son devenait de plus en plus précis, des gargouillis étranglés et des sifflements sourds dévastaient l'atmosphère au fur et à mesure de notre chemin vers la chambre.
J'étais le premier devant la porte et je n'osais pas l'ouvrir. Un tumultueux déchaînement de râles inhumains, inondait le couloir.
— Un volcan est derrière cette porte, ce n'est pas possible, ce bruit !
Me dis-je.
Dans cette image que j'avais générée, se succédait une suite.
J'imaginais un magma cohésif mou et ardent montant des entrailles de Jack et explosant de sa bouche déchiquetée. Un nuage de gaz répandait une lave rouge sang sur les tomettes polies.
Je transpirais, le souffle ras !

L'estoumagade

Jack nous faisait découvrir un autre terrorisme, celui de l'épouvante. Paula et les autres insistaient pour que j'ouvre l'embrasure de l'enfer.
C'était un pandémonium, exactement ! Le repère d'un démon.
Je me souvenais de "l'exorciste" et mon esprit téméraire diminuait à vue d'œil.
J'ouvris la porte.
La réalité était toute autre, mais non moins horrible. De Jack ne subsistait plus rien, si ce n'était qu'une voussure immonde.
Il s'était enfanté lui-même d'un gros bouton pestilentiel d'environ un mètre soixante, en forme de chou-fleur.
— La stupeur était générale, on s'approchait à petits pas de la chose, susurrant du bout des lèvres le nom de « Jaaaack », sans conviction aucune. À la vue de ce chou démesuré, j'eus une pensée pour ma grand-mère qui me forçait à manger ce légume odorant et indigeste, quand j'étais petit.
— Ce n'est pas possible !
Dit Annix,
Il ne peut pas avoir disparu, c'est impensable ! Il doit être dedans !
Khaled demande à Mustapha un couteau. Il dit : On va lui faire une petite autopsie post mortem, Annix tu veux t'en charger !
Le couteau arriva comme un objet de sacrifice.
Chers amis, nous allons réaliser le mélange de la lame et du chou, de la biologie et de la cuisine. Quand Jean Rostand le biologiste trouve sur sa route Maïté la cuisinière !
Annix approcha la lame du gros légume gluant, comme assaisonné à l'huile d'olive.

L'estoumagade

L'incision sur la partie médiane de la chose, réalisée par "la fée", laissa apparaître un tissu d'apparence humaine, vascularisé d'anévrismes rougeauds.

Il ne fallait peut-être pas aller en profondeur de peur inconsciente de toucher Jack. Dans notre esprit on touchait le bouton de Jack, donc on touchait Jack.

Ce n'était qu'un syllogisme, nous savions au fond de nous, que Jack était parti au royaume du "Géant vert", de l'ami "Ricorée" ou du "haricot magique".

Annix prenait de l'assurance dans son travail de médico-légal. Elle creusait de plus en plus dans ce subliminal équarrissage légumineux.

Des contractions apparurent à l'approche d'un endroit particulier comme des convulsions de ventre plein.

Fallait-il continuer à chercher Jack ?

Cette question sans réponse était induite par le fait que les chairs de ce soit disant légume avaient la mémoire de la douleur.

— Le chou est Jack ! Il s'est peut-être transformé en apparence, mais allez savoir s'il ne ressent pas les choses, d'une autre manière ! A-t-on le droit de le découper en rondelles ?

— Pour moi, cette masse informe est le néant, je ne vois plus Jack et ce n'est pas la sensibilité d'un chou qui m'émeut. Je pense Annix, que tu peux continuer en profondeur, pour en avoir le cœur net !

Dit Khaled.

Aussitôt dit, aussitôt fait.

D'un revers de main Annix repris son couteau, et trancha une grosse partie dans le ventre mou de la chose.

L'estoumagade

Un liquide jaunâtre s'échappa comme du pu d'un furoncle percé.
Je ne pouvais plus supporter cette dissection, je rodais comme un malade en attendant que tout soit fini.
Quelques minutes plus tard, le spectacle était plombé par l'immobilité du cadavre en charpie.
On aurait dit les reliefs d'un méchoui, en fin de soirée. Rien n'avait conforté la présomption ou un début de preuve d'un quelconque lien entre la "chose" et Jack.
Que de la matière inerte, qui gisait sur le grand lit aux couleurs criardes.
Les vêtements de Jack étaient disposés autour de la chose béante, dégonflée comme une coquille d'escargot vide. Khaled inspectait curieusement les restes avec un petit rictus de dégoût. Lorsqu'il aperçut un minuscule objet de la forme d'une pièce, collé sur une partie très gluante dans un monceau de chair blanche.
Dans une cavité à peine reconnaissable attendait le signe qui assombrirait encore plus profondément la suite de notre histoire.
Tandis qu'Annix prise de remords concernant sa boucherie sur Jack, faisait une boucle perpétuelle autour du lit, en mastiquant des mots sur sa culpabilité, Khaled au moyen du couteau extirpa l'objet des tissus filandreux.
En fait ce n'était pas une pièce, ça ressemblait plutôt à une amulette de forme ronde !
Sur celle-ci on pouvait voir, gravé, un animal mythique aux yeux enchâssés de pierres précieuses. Cette découverte était pour le moins mystérieuse.

— Comment cette amulette avait pu arriver dans le corps de Jack ?
— Il l'a certainement avalé, mais pourquoi ?
Dit Paula.
L'objet été fascinant. Nous étions tous les quatre à contempler cette image gravée d'une espèce de loup aux allures de dragon qui perçait de son regard de cristal, nos rétines à l'abandon. Je me coupais de ce sortilège non sans mal, implorant mes amis à en faire autant.
Mustapha était d'une froideur extrême. On aurait dit que pour lui, ces événements étaient monnaie courante, découlant d'une sorte de fatalité. Une dispute commença entre Khaled et Paula chacun tentant de s'approprier cet objet maléfique.
L'un ! L'autre ! Le loup changeait de main, dans une frénésie de mots, et un piétinement sur place qui commençait à fatiguer Annix.
De les voir gigoter comme ça, autour de la dépouille de Jack, me rendait mal à l'aise.
Comme Annix, je trouvais indécente leur attitude.
Dans cette chambre profonde et haute comme une cathédrale, ce grand lit était posé comme un îlot volcanique sur une mer déchaînée.
Il avait été l'autel du sacrifice de ce pauvre Jack.
Celui-ci nous avait laissé un souvenir, dont l'ambiguïté était dans la lignée de toute notre aventure.
Khaled pris l'avantage sur Paula et décida de garder l'amulette pour lui. Il était fier de son acquisition, la nettoya et l'enfoui dans la poche de son jean.

L'estoumagade

La tristesse chevauchait les journées qui s'étiraient comme des langues assoiffées.
L'aide de Mustapha nous fut utile pour faire le deuil de notre ami. Dans cette matinée très lumineuse, nous vaquions plus ou moins à des occupations diverses.
Annix et moi aidions Mustapha dans son jardin à récolter quelques légumes !
Paula toujours très excitée, lustrait le canon de son Glock, en pensant peut-être qu'il ne tarderait pas à reprendre du service.
Khaled lui rodait autour de la maison, le regard préoccupé par une vision interne de lui-même.
Il entra dans la maison avec vivacité, referma la porte violemment, et parti en direction de la salle de bain. Il avait besoin de se décrasser autant physiquement que moralement. Après un bon quart d'heure, il sortit et se sécha rapidement avec des gestes saccadés.
Il s'était rasé de près, et avait enfilé une espèce de djellaba que Mustapha lui avait prêtée.
Son visage propre et apaisé par le bain, contrastait avec la fureur qui prenait vie dans son regard.
Le téléphone sonna au moment où il se dévisageait dans la glace. Son cœur ne fit qu'un bond. Une giclée d'adrénaline, traversa son corps. Khaled pris l'appareil et répondit en arabe.

— Allo !
— Le colonel Abdallâh Khalil, à l'appareil !
— Ne quittez pas !

Khaled alla chercher Mustapha au jardin.

— Oui, allo !

— Nous sommes sur les traces de touristes étrangers, dangereux pour notre pays, et je voulais savoir si rien d'anormal ne s'était passé près de chez vous !

— Non, rien !

— Nous sommes à Bassora avec mes hommes et nous pensons qu'ils doivent se réfugier dans les collines. Nous allons venir vous voir d'ici une heure. Au revoir !

— Très bien !

— Quelle merde ! Qu'allons-nous faire ! Allez, allez ! Il faut se bouger les méninges. Je sais que le colonel ne me reconnaîtra pas. J'ai vieilli, la barbe cache mes traits et me fait un bouclier protecteur qui j'espère sera suffisant ! Son œil, dont l'acuité n'a d'égale que celle de l'aigle a pourtant une faiblesse, il n'est pas très physionomiste ! En revanche, il ne faut pas tenter le diable, il faut que je cache efficacement le scorpion noir de mon poignet.
Comment faire ! Parce que là, ça ne serait pas la même histoire ! Il risquerait avec ce détail, de recouper des éléments, et me reconnaître.

— C'est emmerdant, mais j'ai la solution !
Dit Annix satisfaite.

— Alors tu nous dis ! Ou quoi !

— Je vais tout simplement lui faire un bandage. S'il lui pose la question, Mouss pourra dire, qu'il s'est coupé avec un outil du jardin.

— Et pourquoi, c'est emmerdant ?

— Parce qu'il va peut-être focaliser son attention sur le bandage.
En fait je ne sais pas pourquoi c'est emmerdant ! Putain ! Denix c'est toi la plaie !

On devrait te bâillonner, ça t'éviterait de parler pour rien !
— Tu pourrais essayer de lui en faire d'autres, pour noyer le poisson !
— D'autres, quoi ?
— D'autres bandages !!
— Oki doki ! Paula, excuse-moi !
Dit Annix, toute contrite.
— Bon ! Et nous, qu'est-ce qu'on fait, on s'évapore, on se sublime !
— Réfléchis, Denix au lieu de toujours demander aux autres ! Assume ! Merde !
Dit Annix.
— Non mais tu vois comme tu me parles !
— Arrêtez ! Je pense que je sais !
Lança Mustapha.
— Voilà comment on va organiser la visite du Colonel. Tout d'abord, il faut être sûr qu'il n'a pas vu votre Range ?
— Oui, il l'a vu ! Il nous a même poursuivis !
— Dans ce cas, il faut le déplacer derrière l'allée qui longe la maison. Il y a une espèce de cabane isolée. Une fosse est aménagée, elle me servait à entreposer des armes.
— Des armes ?
— Oui, je menais une armée de rebelles chiites au combat, contre le régime de Saddam, il y a quelques années.
Denix, on n'a pas le temps de discuter, déplace la voiture ! Si par malheur, ils la trouvaient, je pourrais toujours leur dire que je n'ai rien vu. L'endroit est suffisamment éloigné de la maison pour qu'on puisse s'y rendre, de n'importe où !

L'estoumagade

Tandis que Mustapha élaborait une stratégie avec mes complices d'infortune, Khaled s'était isolé dans un mutisme complet.

Il lissait son visage fraîchement rasé, entre ses mains, de haut en bas, mollement. Il oscillait lentement d'avant en arrière. Je le regardais tristement, par la fenêtre du salon. Je pensais que son histoire avec Paula y était pour quelque chose.

– Vous voyez quelque chose de particulier dans cette pièce ?

– Non, pas vraiment, Mustapha ! pourquoi ?

– Parce qu'à l'endroit où vous posez les pieds se trouve un ancien souterrain obstrué que j'ai transformé en cave.

La trappe d'accès est sous le tapis. Allez chercher l'autre "demeuré" dehors, et vous allez y descendre. Je recevrais le colonel et sa clique, ici, au-dessus de vous.

Vous pourrez presque sentir l'odeur de leurs pieds. Je pense que ça va bien se passer. Il n'aura pas l'idée de chercher à l'endroit où il est assis ! Tout de même ?

Après avoir fait un nettoyage minutieux de la maison, en prenant soin de ne rien laisser de suspect, récupérant toutes nos affaires y comprit, celles de Jack, nous glissâmes comme une vague dans les ténèbres de ce sous-sol.

L'ambiance était cotonneuse, aucun bruit ne filtrait. Les respirations révélaient l'état psychique de chacun de nous.

Tantôt retenues, apnées, libérées, étouffées, monotones, saccadées, nous passions tous, par ces différentes inflexions du souffle vital.

Annix et Paula se serraient les coudes, assises contre le soubassement en pierre de la maison. Khaled était à la droite d'Annix et moi j'étais à la gauche de Paula.

L'estoumagade

Mustapha guettait par la fenêtre. Il ne voulait pas être surpris par leur arrivée. Il était en train de peindre un narghilé qu'il avait fini de réaliser.
Sur la table du salon des couleurs vives, lumineuses, incandescentes, au-dessous, le noir et la peur. Un contraste très rapproché.
Soudain, deux véhicules tout terrain firent leur apparition, entraînant une gerbe de poussière sur leur passage.
Mustapha avait des sparadraps au coude, au poignet bien sûr, et sur la main. Annix n'avait pas lésiné sur les moyens.
Quelques minutes plus tard, ils étaient sur le pas de la porte.
Sans s'affoler Mustapha ouvrit.
Le visage d'Abdallah Khalil le décontenança pendant une fraction de seconde.
L'objet de toute sa haine, était concentré là, devant lui. Cet homme qui avait détruit sa vie, était chez lui. Cet homme qui avait tué sa famille.
Trois hommes en retrait de la porte, les bras croisés, cartouchière en bandoulière le toisaient d'un regard sombre.
L'attitude de soumission avec ces gens-là était obligatoire, si l'on tenait un tant soit peu à la vie. Mustapha avait la finesse qu'il fallait, dans ces situations.
Il les fit entrer avec une déférence marquée, genre "Touchez ma bosse, monseigneur !" Il leur indiqua le chemin vers le salon.
Le bain de silence que nous prenions dans cette cave avait développé en nous une plus grande perception auditive.
On entendait, assourdis, les pas de ces individus prenant place autour de la table.

L'estoumagade

Un bruit de chaise et plus rien. On forçait nos esprits dans une attention totale, pour entendre quelques mots par-ci par-là. Le son nous parvenait maintenant, en "VO" ! Khaled dans son coin ne donnait pas de signe de vie. Paula nous traduisait en chuchotant, les paroles qui filtraient du plancher.

— Puis je vous offrir du thé ?
— Va, mon brave !

Dit le colonel avec un sourire narquois.
Mustapha commençait à se libérer. Il voyait que cet abruti ne l'avait pas reconnu. Il fit couler le thé dans les tasses avec une servilité avilissante !

— Que t'est-il arrivé ?

En montrant du doigt, tous les sparadraps.

— Je me suis blessé avec un outil, en faisant le jardin.
— Quel outil ?

La question n'avait pas de réponse, il fallait trouver immédiatement un outil, sans réfléchir.

— Une bêche.

Une bêche ? Il faut vraiment être étourdi pour se blesser à trois endroits différents avec le même outil, non ?

— C'est vrai, je n'ai plus autant de dextérité qu'avant ?
— Tu vis seul ici ?
— Oui.
— Tu as fabriqué ce Narghilé ?
— Oui. Tu as mis longtemps ?
— Longtemps !

Mustapha se rendait compte qu'ils étaient en train de chanter une chanson de "Bécaud" en Arabe. Il attendait maintenant la suite :

— Qu'est-ce que tu as sur la main ?

L'estoumagade

— Rien, Rien !
Et la chanson s'arrêta là.
— Je vais t'apprendre quelque chose que tu ignores peut-être, mon brave ?
— Oui, c'est quoi ?
— Ton tapis ! Sais-tu vieillard sénile, que l'art du tapis est l'un des plus représentatifs et des plus fascinants de notre monde musulman.
— Bien sûr, je sais !
— Ce carré moiré sur lequel tu as posé cette table ridicule à certainement été tissé par un grand maître, Turc… au…je dirais XVIIe siècle !
— Je vous ai dit, je le tiens de mon père, je n'en sais pas plus !
— C'est un pur bijou de l'époque de Soliman le magnifique. J'en suis certain. La disposition du motif central, cette composition florale chargée de couleurs riches, de tons chauds ne laisse aucun doute sur son origine.
Les motifs, selon leur valeur chromatique et leur découpe, donnent l'impression de se situer sur des plans différents comme les éléments d'un décor sur une scène de théâtre.
L'effet bien connu en Europe sous le nom de « trompe l'œil » qui a passionné les peintres de la renaissance italienne.
Mustapha, de voir le colonel affalé sur son fauteuil en lui faisant un cours d'histoire de l'art, le rendait perplexe.
Il voulait lui acheter son tapis, et lui faisait l'article de celui-ci !
Mustapha se disait que de toute évidence si le Colonel tenait ce discours, c'était parce qu'il pouvait faire ce qu'il voulait par la force des armes et avec la complicité d'Allah le Grand. Il

pourrait le payer cher ou une somme dérisoire, ou bien même le tuer et le prendre sans scrupule.

Dans tous les cas, il fallait être à la hauteur et jouer à armes égales avec le Colonel.

Le sadisme de celui-ci était à son apogée. Mustapha le devinait dans cette sorte d'euphorie emphatique.

Son autosatisfaction permanente le rendait encore plus abject. Cette constatation lui donna une ouverture, sur la suite à donner.

Il fallait rentrer dans son jeu de l'"Esthète et du Néophyte ". Il fallait le faire encore plus mousser en lui posant des questions naïves sur son sujet de prédilection, qu'il avait l'air de connaître de a à z.

— En fait, je n'ai pas votre immense culture sur l'art des tapis, et je le regrette vraiment. J'aurais aimé que mon père m'en dise plus sur le sujet. Lui qui était tisserand de métier.

— Ah ! je comprends !

L'accroche de Mustapha commençait à porter ses fruits. Il venait de ferrer un requin au bout de sa ligne pliée. La finesse de la pêche au « gros » ? Technique qui consiste à fatiguer le poisson, pour pouvoir le tirer à bord. Il était dans ce rapport de force avec le colonel et maintenant il fallait aller jusqu'au bout. Tant qu'il parlerait, ce serait toujours du temps de gagné. Il réfléchit à la suite, chaque chose en son temps.

— Que représente le dessin au milieu ?

— Une horloge cosmique. Tu vois la frise extérieure fleurie, laisse apparaître comme une fenêtre vers le centre du tapis. Le centre est le ciel et l'horloge rappelle à l'homme son bref passage sur terre. Notre culture de l'Au-delà et ces figures "tombées du Ciel" sont transcrites sur cet ouvrage.

Les tisserands turcs étaient de simples villageois qui avaient acquis leur savoir par transmission familiale.

Ces conceptions savantes véhiculées par les tapis de cour, étaient relayées par les ouvrages des tisserands nomades ou villageois.

L'organisation de l'espace, fait du tapis, une sorte de territoire idéal, dicté par une très ancienne symbolique du sol.

Elle relève autant du travail des peintres de cour de l'Orient musulman que des traditions décoratives des peuples d'Asie.

Ces décors émanaient des milieux cultivés qui entouraient les souverains : philosophes, artistes et ornemanistes.

La plupart des constructions décoratives employées, s'inscrivent dans la pure tradition de l'art Islamique.

Le décor du tapis se présente comme une construction continue, découpée par la bordure d'encadrement, telle une fenêtre ouverte sur le Ciel.

Le territoire du tapis prenait une portée symbolique, il semblait refléter une partie des Cieux qui enveloppait le monde d'ici-bas.

Sur cette base esthétique commune, les cours rivales de l'Orient musulman, ont tenu à donner des versions qui les distinguent, car tous les programmes iconographiques étaient porteurs d'un message religieux. Ils privilégient les effets de métamorphose. En revanche, les Turcs ottomans jouent plutôt, sur des effets de rupture et d'affrontement. Le médaillon central prenant alors l'aspect d'une horloge cosmique. Tu vois, brave homme, je suis un expert, et je peux te dire que ce tapis à une grande valeur.

— Comme je vous l'ai dit, je le tiens de mon père et il a pour moi qu'une valeur sentimentale.

— Tu serais prêt à négocier avec moi ? Je t'en donnerai un bon prix.

Mustapha savait que s'il voulait vraiment ce tapis, il le prendrait sans vergogne. Il était impensable de donner ce tapis qui cachait la trappe d'accès à la cave.

Comment faire ?

Les trois rebelles attendaient que Mustapha fixe un prix ? Mais sa réflexion était ailleurs. Il fallait absolument le dissuader de faire cette acquisition.

La traduction instantanée de Paula, nous renseignait sur la gravité du problème. Les secondes n'en finissaient plus.

Mustapha insistait auprès du colonel pour qu'il admire un autre tapis tout aussi beau que celui-ci, et qui se trouvait dans la pièce voisine.

Mais têtu comme l'âne qu'il était, son obstination n'avait pas dévié d'un iota.

— Je t'en donne 3000 dinars, je pense que c'est une bonne affaire pour toi !

Tu n'as pas l'air de rouler sur l'or, alors prends l'argent, et laisse-moi emporter le tapis !

— Mais, colonel, c'est un souvenir !

— Ne discute pas et roule ce tapis !

Mustapha ne put que s'exécuter. Après avoir décalé la table, il s'agenouilla et roula le tapis avec précaution, laissant apparaître la trappe comme une tache sur un linge blanc.

Ils se retrouvèrent assis autour de la table, le tapis roulé vertical, en appui contre la cloison. Mustapha parlait pour meubler le manque du tapis et aussi pour faire diversion vers le centre d'intérêt premier du colonel, cet à dire les personnes indésirables qu'ils pourchassaient sur le sol Irakien.

L'estoumagade

Il devenait de plus en plus pédant, posant des questions sans cesse sur ces étrangers. Il était tellement pris dans son jeu du "maître et de l'esclave", que le colonel le regardait maintenant fixement sans plus répondre aux questions.
Il avait l'air complètement ébahi par le ton obséquieux de Mustapha, il sentait que les flatteries à son égard étaient anormalement déployées. Ce Mustapha devait dissimuler quelque chose, devait-il se dire.
Tout ça n'était pas très catholique ! Crénons de non ! Le moment psychologique arriva quand sur la fin d'une phrase pompeuse, Mustapha eut un regard furtif sur la trappe comme lorsque l'on a une grosse envie de se gratter et que l'on se gratte sans le vouloir, d'un geste machinal.
Malgré son inconscience, il mesurait les conséquences que pouvait avoir ce regard déplacé. Mustapha se sentait coupable d'une trahison envers ses hôtes.
Il réagissait depuis cet instant différemment, le discours était toujours le même, mais il bafouillait et commençait à transpirer.

— Viens t'asseoir mon brave ah ! ah !

— Je te trouve inquiet, vous ne trouvez pas qu'il a l'air inquiet ?

En s'adressant à ses hommes de main et haussant la voix d'un ton théâtral.

— Il sait quelque chose !

— Vous croyez….. Vous êtes perspicaces pour des soldats sans grade comme vous ! dit le colonel.

— Non je ne sais rien du tout, en général quand je sais quelque chose je le dis !

— Et aujourd'hui c'est quoi ? En général ou en particulier ?

Le colonel se délectait de la situation qui maîtrisait d'une main de fer. Il était habitué à « travailler » les hommes les plus durs.
À coups de brimades et de fausse sympathie, il était capable de tanner les peaux les plus endurcies.
C'était la chronologie qui amenait doucement vers la torture. La vérité, il était le seul à la détenir. Lorsqu'il avait décidé quelque chose même à l'opposé de la raison, il appuyait ses arguments sur un fondement inepte, par sadisme. Quand on a tort et qu'on oblige la vérité à plier sous le pouvoir, voilà l'ultime jouissance.

— Je suis fatigué, dites-moi où vous voulez en venir ?
— Vous avez une cave ?

En montrant d'un signe de tête, la trappe maintenant dégagée.

— Oui, c'est un sous-sol qui me sert de débarras.
— Peut-être que nous pourrions y jeter un coup d'œil ?

En s'adressant à ses acolytes.
Les trois, le regard luisant de méchanceté avancèrent en direction de la trappe. Mustapha avait du mal à dissimuler son angoisse.
Le Colonel était carrément vautré sur la chaise attendant le résultat de la fouille. Il était certainement persuadé de notre présence dans cette cachette.
Pour lui les signes ne trompaient pas. Il suffisait de croiser le regard de Mustapha pour en être convaincu.
Moins de trois mètres plus bas, nous étions prêts à recevoir en grande pompe nos visiteurs dans cette cave "underground". Paula nous avait briffés sur la manière dont il faudrait agir. Une technique de commandos expliquée uniquement par des mots simples comme, « égorger, de dos, le couteau de la gauche vers la droite, sentir la peau qui se déchire appuyer sans

réfléchir », ce sont eux ou nous ! Pas de sentiments ! Elle nous décrivit la chronologie de l'intrusion comme un metteur en scène organise un plan. La force des détails, nous faisait dresser l'échine d'un frisson animal.
Nous étions devenus malgré nous des assassins en puissance, pour l'instant nous étions encore dans le domaine de l'idée.
Un des hommes de main du colonel avançât vers la trappe. Il avait la mâchoire carrée et le regard rond.
Un rai de lumière progressif fit rétracter nos pupilles dilatées par le noir. La trappe était ouverte. Le premier à s'engager évalua la raideur des marches, puis commença à descendre l'échelle de meunier. Mal assuré, agrippé sur les montants, il avait la vivacité d'un lémurien sortant d'une sieste. Paula transformée en tigresse, tapie contre le mur était prête à l'assaut. Quand l'homme à la mâchoire carrée posa un pied sur le sol de terre meuble, un chuintement retenti, un feulement sourd.
Le fauve avait fondu sur sa proie dans un éclair. De sa main gauche l'empêcha de crier, en même temps de sa main droite lui pratiqua une boutonnière horizontale à la carotide, une ouverture pour gros boutons !
Une dizaine de centimètres suffisaient pour faire passer de vie à trépas un homme à la mâchoire carrée. Paula gardait plaqué sa main sur la bouche de l'homme avec une force que l'on ne peut trouver que dans des situations extrêmes.
Une dizaine de secondes plus tard, l'homme étendu sur le sol se vidait de son sang. Paula avait le bras rouge. Elle ripa le malheureux vers la partie obscure de la pièce. La chance était avec nous car ces trois mousquetaires n'avaient pas la même devise que les nôtres. Eux c'était plutôt « Un pour tous, un

pour tous » trois fois ! Je pensais qu'il n'y avait que les belges pour faire des choses pareilles, se diviser pour ne pas régner.
Le colonel parlait tellement avec Mustapha qu'il avait totalement oublié l'homme à la mâchoire carrée dans la cave. La trappe avait l'air de dire "viens !" au suivant.
Le deuxième homme, à la mâchoire ronde et au regard carré, avait des yeux hostiles et perçants. Il insistait dans l'intention d'aller voir ce qui se passait en bas. Ahmed ne remontait plus. Le colonel renifla d'un air méprisant et d'un signe de main lui donna son approbation tout en continuant sa redondante histoire du tapis, volant à travers les âges, comme un papillon allant de fleur en fleur au gré du vent.

— Ahmedddd ?
— Oui, vieeeens !

C'était le silence qui lui répondait.

— C'est sombre ?
— Non, vieeeeens !

C'était encore le silence.

L'homme à la mâchoire ronde et au regard carré fit la même chose qu'Ahmed, il prit l'échelle, mais au milieu glissa sur une marche et tomba tête première sur le sol. Il se rompit le cou, dans un craquement de vertèbres. Il avait peut-être choisi sa mort.

Le vide avait été porteur d'une image angoissante. Cette échelle qui finissait dans l'obscurité, comme un rayon dans l'infini provoqua chez Omar un embarquement immédiat vers les étoiles.

Au-dessus c'étaient les fresques, les frasques du Colonel qui piaillait comme un coq devant cette poule mielleuse de Mustapha, les trompe-l'œil, l'irréalité artistique, en bas c'était

L'estoumagade

le monde du réel, la mort, le sang et la peur. L'équilibre des contraires.
Le colonel se frottait le genou sur le pied de la table avec insistance, tout en continuant son monologue avec Mustapha.
Celui-ci sentait que la démangeaison du Colonel le faisait sortir progressivement de son envoûtement artistique pour revenir à la réalité.
Dans un mouvement de mains, il ajusta son veston, se passa le dos de la main sur les lèvres, vivement comme lorsqu'on est tiré d'un sommeil, brutalement.
— Ali, où sont Ahmed et Omar ?
— Ils sont dans la cave, Colonel.
— Je parle depuis combien de temps ?
— Une demi-heure environ, Colonel.
— Et depuis tu es planté là à attendre, descends voir ce qui se passe, imbécile ?
Ali d'un signe de tête se soumit à cet ordre, sans discussion. Il franchit les trois mètres qui le séparaient de la trappe, une marche, deux marches, trois marches, à la quatrième j'attrapais le bas du pantalon d'Ali, pour le tirer vers le bas. C'est à ce moment-là qu'Ali se mit à crier, il essayait de remonter.
Le couteau de Mustapha transperça la main du colonel au moment où le cri arriva à ses oreilles. Il ne laissa pas de temps au colonel pour réagir. Mustapha avait choisi le moment où l'expert en tapis s'appuya de ses deux mains sur la table pour se redresser.
Il mit toutes les forces qu'il avait contenues depuis si longtemps dans ce geste libérateur. Les veines de Mustapha gonflaient sur sa main tellement qu'il serrait la dague vigoureusement.

L'estoumagade

Le parcours de la lame dans la paume du Colonel trouva la résistance du bois de la table, mais l'énergie donnée par Mustapha prolongea l'avancée de l'acier de près de trois centimètres dans le plateau.

La dague était plantée tellement profond qu'il n'arrivait pas à l'enlever avec sa main gauche. Entre deux métacarpes la pointe d'acier formait une sorte d'entretoise. Le colonel était comme possédé tellement il criait.

Cette « Excalibur » orientale avait soudé le Colonel à la table par le bras, il était prisonnier et Mustapha jubilait de le voir souffrir de la sorte. Pour lui, ce n'était que le début du supplice du Colonel.

Dans la cave, le dernier avait fini comme le premier, victime de Paula. Nous entendions les cris au-dessus de nous.

Khaled croupissait comme une flaque d'eau stagnante dans un coin de la cave.

Annix enserra ses bras autour de son cou pour l'aider à marcher. Nous avions tous les trois, retrouvés la clarté de la pièce, mais le spectacle était pathétique. Comme un indien faisant une danse de mort autour d'un totem, Mustapha tournait comme une toupie en injuriant le Colonel. Sa voix « crescendo » était calquée sur les cris du Colonel. Au plus il criait au plus il l'injuriait. Cette montée en puissance allait devenir irréversible dans le sens où, si nous ne faisions rien, le déchaînement de Mustapha allait atteindre son paroxysme et que l'exutoire final de son tourment et de sa haine serait la mort du Colonel.

Mustapha s'arrêta de tourner regarda fixement le colonel comme un Cobra devant son charmeur. Il lui dit :

– Je vais te donner le choix de mourir de deux façons !

L'estoumagade

Cette phrase me rappela une blague de mon ami Robert « La mort par la Tounga ». Mais ce n'est pas le sujet.
Malgré tout, me rappeler Marseille me libérait un peu de cette réalité onirique, cauchemardesque !
– Tu n'as plus le choix de vivre, ni de tuer.
Virtuellement, pour moi tu es déjà mort ! Alors voilà les deux solutions qui te restent pour mettre fin à tes jours.
Je vais t'attacher à la chaise solidement, comme tu avais si bien l'habitude de le faire pour les autres, quand tu te livrais à tes effroyables tortures.
Ensuite je vais te sectionner une veine, pas une artère qui te viderait de ton sang trop rapidement, non ! Plutôt une veine moyenne qui te rendra exsangue au bout d'une vingtaine de minutes. J'installerai un seau pour recueillir ton fluide vital, ce sang qui en a fait couler bien d'autres, coulera à son tour.
Ne t'inquiète pas je disposerai le seau de manière à ce que tu puisses voir son remplissage progressif, le principe des vases communicants tu connais ! Où « rien ne se perd tout se transforme ».
Voilà, la première de tes morts, possible.
La deuxième solution me rappelle l'instinct de survie de certains animaux comme le renard par exemple. Le renard lorsqu'il est pris par la grosse mâchoire d'acier qui meurtrit sa petite patte, sait que le seul moyen pour recouvrer sa liberté, est de se la ronger !
Il ne peut pas imaginer une autre solution. Qu'il pourrait être libéré, s'il attendait un peu, non ! Le renard n'anticipe pas ! Il ne vit que pour sa liberté. Le plus souvent se retrouve sur trois pattes, la quatrième c'est le destin qui lui a mise de côté.

Toi, tu es dans la situation du renard, mais tu es un homme, enfin d'apparence.
Cette différence te permet de juger et de prendre l'ultime décision. Tu as ton libre arbitre sur ton destin. Je vais placer ce revolver sur la table, si tu arrives à te soustraire du couteau tu pourras peut-être, si ta main n'est pas trop amochée, te tirer une balle dans la tête. La grande différence entre le renard et toi, c'est que pour l'animal la mutilation est synonyme de survie, de conservation, alors que pour toi ce serait plutôt synonyme d'une mort préméditée, une sorte de suicide ! Ce qui vous rapproche c'est la liberté. Celle de vivre pour lui, et celle de mourir pour toi !
Nous étions sidérés de voir Mustapha en tortionnaire. Celui qui avait détruit sa vie était sur le point de reconstruire la sienne, dans une mise en scène réglée de main de maître.
Il attacha le Colonel comme prévu, le saigna comme un goret ! On entendait couler les gouttes dans le fond du récipient, le compte à rebours avait commencé. La « balle » était dans son camp, si l'on pouvait dire !
L'épisode du Colonel était terminé, Abdallah Khalil, notre poursuivant allait retrouver ses morts en enfer.
Nous sortîmes de la pièce tous les cinq laissant le colonel devant son dernier crime, le sien !
Khaled était exténué, Annix lui servait de tuteur. Paula ne le calculait plus une seconde. Nous parlions vaguement de choses et d'autres, dans une sorte de recueillement spirituel, à mots couverts, comme dans le respect d'une église. L'union sacrée, le scellement de nos forces dans ce mortier de terreur, était implicite.

L'estoumagade

Chacun de nous méditait dans sa tête en lâchant des banalités qui étaient totalement dissociées de nos états d'âme. Je disais à "Mouss "on l'appelait comme ça pour simplifier), que son jeu avec le colonel et son exaltation pour les tapis avait permis de sauver nos têtes et que je trouvais la mise en scène finale assez « funky ».
Tout le monde me regardait d'un air ahuri sauf Khaled qui n'avait pas à changer de regard. Le temps s'écoulait, sacré comme l'acte d'expiation que nous étions en train de commettre.
De gros nuages bombés s'agglutinaient dans cette chaude fin d'après-midi. Nous étions restés dehors pas loin d'une demi-heure et aucun coup de feu n'avait retenti. Le retour vers l'endroit du drame était couvert par le silence de chacun de nous. La porte d'entrée était une frontière inhumaine. Notre soif de vengeance, la folie qui s'était emparée de chacun de nous à différents moments, nous forçaient maintenant à penser que notre histoire était dictée par quelque chose d'inhumain, mais quoi ?
Un dieu, un démon peut-être !
La lividité du Colonel était frappante. Une statue de cire décorait le salon.
Sa pâleur mortelle faisait un contrepoint avec le contenu du seau. Le colonel a dû s'y prendre trop tard pour tenter l'extraction du couteau. Ses forces devaient être trop diminuées pour y arriver.
On s'apercevait qu'il avait tout de même essayé, car sa main était en partie en lambeau. Deux billes de verres, deux agates, un peu opaque, occupaient l'espace orbital du terroriste.

L'estoumagade

On aurait dit qu'il s'était fait aspiré. Une silhouette d'animal empaillé dans le côté morbide, où un personnage célèbre dans une galerie du musée Grévin, tout dépendait de l'état d'esprit de chacun.
Enfin il était mort, "que son âme ne trouve jamais de repos !" dit, la Fée, du logis, en criant !
Le seau de cuisine de onze litres laissait apparaître une marge de dix centimètres. Ce sang visqueux et noir ressemblait à de l'huile de vidange.
La maison de Mustapha avait un air de funérarium, quatre cadavres attendaient sans impatience leur mise en bière.
Nous enterrâmes les corps près de la dépouille de Jack. En fait nous avions réuni les chasseurs et leur proie dans le même espace, intemporel, où a priori les hommes sont tous égaux.
Mustapha était dans une phase de décompression, maintenant. Il avait tellement attendu ce moment qu'il n'arrivait pas à réaliser ce qui s'était passé.
Il ne vivait que dans le but de tuer Abdallah Khalil, sa mission accomplie il était perdu et nous ne savions pas comment lui redonner le goût de vivre.
Nous restâmes figés sur place avec lui sous le choc encore présent, les mots ne suffisaient pas à endiguer la souffrance morale qui nous submergeait.
Notre excitation retombée, les problèmes évacués comme une souffrance intestinale dans une chasse d'eau, il fallait retrouver cette adrénaline vitale qui nous avait permis de surmonter les épreuves de notre aventure.
Notre ouverture était dessinée devant nous et avait la forme d'un être humain, Khaled.

L'estoumagade

Voilà la continuité de notre sombre histoire, les morts, les vivants et Khaled. Il était le lien entre les deux. Notre but dès lors était de comprendre ce qui se tramait dans sa petite tête, et de le soigner. Une réflexion croisée sur le sujet, nous amena à penser que Khaled avait certainement hérité du mal de Jack.

— L'amulette que Khaled a trouvée ! Je crois qu'il a commencé à se dégrader à ce moment !

— J'ai l'impression aussi, mais j'ai touché cet objet pourtant je suis toujours la même, non ?
Dit Paula.

— Tu es toujours aussi conne, c'est ça que tu veux dire, Paula ?

— Denix, on réfléchit tu permets, alors arrête OK ?

— Excuse-moi, bon, moi je pense que le mal a migré dans la peau de Khaled par cet objet, maintenant pourquoi ? Je ne sais pas. Il faudrait connaître l'origine de ce gri-gri, et savoir où il l'a eu ?

— Même "Mouss" ne sait pas son origine, et de savoir ce qu'a fait Jack me paraît impossible ? La mort garde son secret.
Dit Paula, d'un air résigné.

— Je viens de faire un poème !
Moi aussi, il me fallait un exutoire.
J'irais pêcher le thon
Sourire en bouche
Rit, hante comme une mouette
Et chantant sous la pluie
Sur cette digue frontale
Dans cette mer oblique
Je cueillerai des sardines
À en perdre la tête.

Pour quelques ondines
Ou bien quelques dauphines
De retour à Marseille.

— T'as morflé mon vieux ! Il est vraiment très pourri ton poème ! Si on arrive à sauver Khaled on s'occupera de toi, Denix ! Promis.
Dit Paula, dégoûtée.
— Peut-être qu'il faudrait pour votre ami malade avoir recours à un homme qui combatte les démons ?
— Qu'est-ce ? Un exorciste ? Mouss !
— En quelque sorte !
— Il n'y a rien d'autre à faire avant de tenter ça. Je ne suis pas convaincu et puis tu en connais un, toi ! D'exorciste ! Hein ? s'écria la fée.
— Oui, Annix, au village voisin vit un homme avec d'étranges pouvoirs.
Il a soigné de nombreuses personnes qui avaient ce genre de maladie.
— Je ne crois pas à ces niaiseries !
Rétorqua Annix.
— Tu t'es arrêté de fumer comment, hein ? Tu es allé voir une magnétiseuse parce que les patchs n'avaient pas marché, non ?
— Oui, mais c'est différent !
— Ce n'est pas si différent que ça. Notre problème est le même pour Khaled. La voie rationnelle nous laisse tomber, il ne faut pas avoir peur de se rapprocher de ce que l'on ignore, surtout si on a des chances de le sauver !
— Tu as raison ! Denix.

L'estoumagade

Dit Paula.

— Mouss, tu pourrais nous y emmener ?

— C'est à une cinquantaine de kilomètres vers le sud, dans la région des marais !

Le Range était content de nous revoir. Il faut dire que depuis notre séjour agité chez Mustapha, nous ne l'avions plus pris.

Je conduisais comme toujours et Mustapha était mon copilote. Khaled était entre Paula et Annix sur la banquette arrière, évidemment, ils n'étaient pas sur le toit !

J'imaginais en longeant ces marécages, ceux-ci regorgeant de créatures étranges, imaginaires et ésotériques !

Aux bords du marais abondait toute une faune aux vicissitudes multiples, luttant dans cette précarité naturelle.

Ces étendues glauques et humides, inondées de vapeurs pestilentielles de goudrons et d'autres dérivés organiques volubiles et évanescents, donnaient la vision d'un paysage irréel, peint. Une ambiance " Chien de Baskerville" ou "Sleepy Hollow" garantie !

Mustapha me fit signe de tourner à droite. Cette route qui nous menait chez le guérisseur était pittoresque à souhait.

Nous étions tous les quatre excités par cette nouvelle quête. Nous nous mîmes au repos un instant. Nous avions pris l'apparence de touristes, s'émerveillant de tout, guettant la moindre curiosité pour faire fusionner nos esprits. L'esprit de Khaled, lui, avait l'air de fusionner aussi, mais dans les flammes de l'enfer.

LA CREATURE DU MARAIS

C'est là que j'aperçus dans un halo de lumière, la Créature du marais. Étrangeté s'il en était ! Nous en avions tous eu des hallucinations à différents moments. Là, j'étais le seul à l'avoir vu !
Une fille était accroupie dans l'huile du marais et semblait psalmodier quelque chose !
Sa longue chevelure noire narguait l'immaculée blancheur de sa peau. Les yeux saillants, le regard noir profond, elle se déplaçait sans bruit avec des mouvements calmes et sûrs, pliée comme un roseau. Cette fille devait chasser ! Me dis-je !
Dans un laps de temps très court, son regard croisa le mien. Un frisson électrique me parcourut dans tout le corps. Son regard était rempli à la fois de tristesse et de réalisme. Les marais, elle ne les avait pas forcément choisis. Estomaqué, je ne pensais pas qu'un être humain puisse s'adapter à un lieu pareil.
La vie continuait, et pour se faire, elle avait dû peut-être se forger une cuirasse protectrice pour vivre ici. Elle voulait sans doute échapper à quelque chose dans l'autre monde !
Je me posais des questions sur elle, sans la connaître. J'étais subjugué par cette beauté diaphane et mystérieuse.

L'estoumagade

Ce bref instant d'inattention me fit faire une embardée sur la route, ce qui eut pour conséquence de me faire "pourrir " par Paula et Annix, remontées comme des ressorts.
Il fallait que je m'arrête ! Je m'arrêtais cent mètres plus loin. L'invocation du besoin de me dégourdir les jambes déconcerta Mustapha qui me regardait avec bizarrerie. Je retournais à pas feutrés vers le lieu de mon apparition.
L'herbe en bordure de route était haute et faisait écran au paysage. J'écartais un foisonnement de joncs et je la vis. Je n'avais pas rêvé. Elle était au même endroit, et le bruissement sourd des joncs lui fit tourner la tête vers moi. Elle n'avait pas l'air inquiet, on aurait dit qu'elle dominait la situation. Aucune émotion ne la trahissait. Les traits de son visage restaient d'une immobilité rare. Comment peut-on ne transmettre aucun indice corporel de son activité psychique, même les animaux le font ! La peur, la joie, le doute tous les sentiments sont transcrits, codés dans un comportement, une attitude, mais la psychologie s'arrêtait là dans ce marais.
Son talon d'Achille devait être son regard. Elle laissait filtrer par son regard une grande sensibilité.
Sous une apparente froideur, beaucoup de choses lumineuses passaient dans ses yeux qui pouvaient devenir chaudes comme la braise. En fait elle ne livrait qu'une petite partie d'elle-même, comme vingt grammes de douceur enveloppée dans une parure d'amertume.
Je m'approchais d'elle, elle s'éloignait. Ce que l'on voyait surtout dans son regard était le reflet de soi-même, une image fugitive, subliminale. Son regard agissait comme une glace sans tain, un trou noir. C'était sans doute une mangeuse d'étoiles ou une supernova ! cette gonzesse !

L'estoumagade

Quand on y était entré, on avait du mal à en sortir ! Je parle de son regard bien sûr.

L'impression d'être prisonnier de moi-même m'envahit. Je pourrais tout quitter, partir dans le marais pour lui parler ! Rester avec elle ? Le voudrait-elle ? Cette démarche ne risque-t-elle pas de l'isoler encore plus, au fond d'elle-même ? Mon initiative un peu louche comme une ingérence dans un pays du tiers monde, me laissait perplexe.

Dans ces yeux, des myriades d'étoiles renvoyaient mon image, une image tantôt désespérée, tantôt optimiste de moi-même. La conclusion était simple.

La créature du marais n'était pas Achille, aucune faille, même pas dans son regard !

Je pris la décision de partir, enfin je le vis dans ses yeux.

Le temps change le regard que l'on porte sur les gens, me dis-je, philosophe.

J'espère inconsciemment la revoir sous d'autres auspices.

L'estoumagade

L'EXORCISME

Je retrouvais la voiture, avec sa cargaison " limite avariée ".
Khaled n'avait pas bronché d'un pouce. Je fus saisi par son regard de fou en opposition à la créature et son regard sans garde-fou.
La route défilait, pépère !
Annix s'était assoupie, la joue plaquée contre la vitre. Paula avait l'air de s'ennuyer et repoussait sans arrêt Khaled qui se laissait tomber sur elle. Le souffle chaud et fétide de ce messager du diable indisposait fortement Paula.
Elle avait utilisé le reste de son "Channel N°5" pour dissimuler cette expiration, mais maintenant le souffle nauséabond de Khaled revenait en force.
Elle le replaça une dernière fois verticalement, la tête bien enfoncée dans l'appui-tête, il avait l'air de tenir. Khaled avait les yeux ouverts mais éteints. Son visage n'était plus retenu musculairement et la route chaotique faisait le reste. Sa peau agissait comme un sismographe. Les chairs s'agitaient dans tous les sens, sans que son propriétaire ne daigne mettre un peu d'ordre. Chez Khaled ne subsistait aucun sursaut d'orgueil, rien.

L'estoumagade

La rémanente léthargie de Khaled installa Paula dans une boucle mélancolique. Lui qui était toujours tiré à quatre épingles, lui le séducteur qui l'avait aimée, qu'elle avait aimé aussi, était maintenant devenu un être vide. La rousse se disait que l'on aurait pu peut-être en tirer quelque chose en le vendant au poids, sur un marché !
La masse était la seule caractéristique du sujet. Certes, il marquait le sol de ses empreintes, mais était-ce vraiment une preuve d'existence ?
Ses lèvres étaient crevassées par le manque d'eau.
La perte de ses réflexes primaires lui conférait une silhouette de revenant, même les animaux avaient plus de tenue !
Nous arrivâmes enfin après un entrelacement sur une ganse de la route qui fit sursauter Mustapha.

— C'est ici à droite !
— Mais c'est quoi cette maison pourrie !

Dit la Fée, en se raclant la gorge.

— C'est sa maison !

Dit Mouss.

— Tu le connais bien, ce mec !
— Denix, je le connais suffisamment. Ce n'est pas quelqu'un que l'on prend pour ami, malheureusement parfois on n'a pas le choix !

Mustapha était le premier hors de la voiture, prêt à se diriger vers l'entrée de la maison. Il avait l'air de répéter ce qu'il allait bien dire à cet homme, qu'il ne connaissait que de réputation. Malgré moi, les pieds de cet homme avaient drainé mon regard dès l'ouverture de la porte.

J'étais sidéré de voir que la nature, qui avait tant fait pour nous « les humains », au gré de transformations génétiques pour nous tenir debout était à ce point bafouée.
De ces pieds enflés et sales remontés d'une cheville entamée, s'engouffraient deux tiges osseuses dans son pantalon à carreaux d'un autre temps.
Mustapha lui expliqua le but de notre visite. Nous étions toujours sur le pas de la porte et il ne se décidait toujours pas à nous faire entrer chez lui.
Nous nous présentions à lui, les uns après les autres.
Malgré sa crasse il avait un certain charisme.
Il était impressionnant de constater la pérennité de nos esprits. Nous avions appris à faire face à toutes sortes de schémas relationnels et arrivions subconsciemment à tricoter la toile de nos idées pour tirer parti du meilleur d'une situation.
L'homme se présentait à son tour. Il se nommait Kader et j'avais l'impression que comme Polyphème dans son antre, il attendait le moment propice pour nous dévorer !
En fait nous nous étions fait des idées. Sa forte taille, sa grosse tête glabre comme le bitume, le regard d'un "Bernard Lavilliers" du désert, nous avaient déroutés quelque peu.
Il était au contraire très amène. Il nous entraîna dans une pièce austère où régnait bizarrement une atmosphère de cimetière.
On pouvait imaginer des feux follets tellement la lumière était électrique, comme une pièce ionisée par un champ magnétique.
Une armoire bancale et deux chaises au centre de la pièce, c'était tout.
Il fit asseoir Khaled et s'assit en face de lui. Son approche visuelle de notre ami malade se fit avec parcimonie, son regard

remontant des bras vers les épaules dans une croissance monotone.

Enfin il se jeta dans le puits sans fond de l'inconnu, de l'irrationnel.

Il lança un seau dans cet abîme de fureur pour tenter de remonter de la substance satanique. Des flammes irradiaient son regard.

Khaled toujours amorphe avait l'air de tenir sur sa chaise que par les invisibles rayons qui les unissaient maintenant par les yeux.

Nous sentions que le contact été pris entre le diable et Kader.

Paula Annix et moi, appuyés contre la cloison, ne la menions pas large !

Kader après un interminable tête-à-tête essaya de poser des questions à Khaled. La sauce commençait à prendre.

— Qui est tu ?
— Je suis ton ami.

Répondit Khaled avec une voix aux intonations variées.

Il s'ensuivit une incantation dans une langue ignorée par tous, Paula nous dit que c'était peut-être de l'Araméen.

Au fur et à mesure de sa litanie de mots récurrents, Khaled se décomposait de plus en plus, des borborygmes obscènes sortaient de sa bouche avec violence.

Tout à coup la voix de Jack sortit de sa bouche. Khaled racontait le périple de Jack dans le pays des "Yézidis" dans une verve hachée et monocorde.

La découverte du vaisseau extraterrestre, Farid, le paon écarlate et l'amulette que Farid lui avait offerte.

— Je suis le fils du paon, je suis Lucifer !

À ces mots, le sang de Kader bouillonnait dans ses veines. Des salves brûlantes sortaient de la bouche de Khaled dans un ruissellement caverneux.

Plus de rapport avec la voix de Jack maintenant, c'était le diable en personne qui parlait !

Le carcan incantatoire de Kader, l'invocation d'Allah rendait plus forte et présente l'entité démoniaque qui vivait à l'intérieur de notre malheureux ami.

Des cris sans fins, des tiraillements vocaux, des jets de bave chaude coulaient sur la chemise de Khaled sans que celui-ci ne réagisse, évidemment !

Le démon avait une totale emprise sur son sujet.

À chaque parole de Kader ordonnant au démon de quitter ce corps, les cris s'assombrissaient pour ne devenir qu'un vagissement sourd, une plainte macabre.

L'état du guérisseur empirait. Nous assistions à une lutte, un face-à-face, où le rapport de force paraissait inégal et penchait en faveur de l'incube.

Par vagues, ses assauts détruisaient à petit feu le mental de Kader.

Nous ne connaissions pas vraiment l'issue de cet acte de désenvoûtement. L'idée que ce démon passait d'un corps dans un autre, avait certainement une faille dans laquelle nous pourrions creuser.

L'amulette était le lieu commun entre Jack et Khaled.

Mustapha eut une idée, récupérer l'objet dans la poche de Khaled, et le jeter dans les flammes à un moment précis où le diable se découvre le plus.

L'estoumagade

Oui, mais qui va vouloir aller chercher ce talisman dans cette furia orchestrée par les dieux et les diables ! L'ambiance chauffait de plus en plus.

Les murs de la pièce avaient l'air de transpirer. Tous les objets semblaient se réveiller, changer d'état, passer de l'inanimé au vivant ! Le cauchemar tenait ses promesses.

Kader nous avait avertis avant de commencer la séance, maintenant nous étions convaincus.

Paula trouva un endroit pour allumer un feu dans un coin de la pièce. Le sol, à cet endroit en pierre, offrait un espace propice pour le feu. J'entrepris la démolition d'un petit guéridon pour nous donner le combustible.

Le foyer allumé il ne fallait pas tarder pour aller récupérer le gri-gri.

Annix se proposa.

Elle avait gardé le couteau qui lui avait permis de dépecer Jack, l'empoigna et s'avança dans l'œil du cyclone.

De près Khaled était tout convulsé, violet, immonde. La présence proche d'Annix ne le fit même pas ciller d'un pouce. D'un mouvement bref et précis elle entailla la poche du jean de Khaled de haut en bas. Le loup maléfique sortait de sa tanière. Ses yeux aux pouvoirs hypnotiques avaient déjà ensorcelé la fée.

Elle était prostrée, à genoux entre le bien et le mal. Le malin était en train de muter, on sentait une pulsation dans l'air, une sensation de flux et de reflux dans la physionomie de Khaled et de la Fée. L'organisme de Khaled était atteint en profondeur et les spasmes qui le secouaient n'étaient dus qu'à cette présence diabolique.

L'estoumagade

Le malin devait changer de corps pour subsister. Annix comme un agneau de sacrifice était en train de s'offrir corps et âme, aux ténèbres.
Paula d'un éclair traversa la pièce jeta son poing vers la poche éventrée où luisait le loup solitaire.
L'enfermement du médaillon dans sa paume lui fit sentir une profondeur d'elle-même dont elle ignorait l'existence.
Sa vie se déroulait dans sa tête, dans une chute dantesque, un vertigo !
Pour elle aussi les arcanes de Lucifer la dévoilaient peu à peu.
Dans un moment de lucidité, avec sa force de combattante, elle s'arracha de son rêve, couru comme un rugbyman vers son essai et jeta le loup au feu dans un cri primal !
Les flammes léchaient le loup, les yeux de l'animal viraient du rouge métallique au noir charbon en passant par toutes les couleurs du spectre visible.
La vie du démon était contenue dans ce sortilège. Le loup se faisait dévorer par les flammes, et en même temps, Annix retrouvait peu à peu ses esprits.
Kader supputait quelque chose, intuitivement, de son expérience acquise en la matière, il appréhendait le pire !
Les oreilles de l'animal commençaient à fondre, des fumeroles formaient des volutes holographiques dans lesquelles on pouvait discerner furtivement des apparitions humaines, des bouches béantes, des distorsions de visages perdus dans les limbes de l'enfer.
Notre esprit devait créer ces images, comme l'on peut trouver une signification dans les taches de "Rorschach".

La fonte des neiges laisse apparaître le renouveau de la nature, celle du loup laissa apparaître le renouveau de la bête de l'enfer.

Dans un véritable brouillard londonien d'une âcreté sans nom, un déchirement, un cri d'une puissance inouï inonda le lieu sacré. Se tenait devant nous dans une fumée orangée, une créature monstrueuse.

Une espèce d'animal à la morphologie taurine semblait flotter devant nos yeux remplis de terreur.

Deux paires d'ailes étaient plantées sur le corps rougeoyant de cette créature, une paire d'oiseau et une paire de chauve-souris. Le bas de son visage s'apparentait plus à une gueule de bouledogue alors que le haut de celui-ci restait humain.

Son corps épais se terminait par une queue de scorpion. Cette aberration de la nature se tenait sur le sol en appui sur deux pattes de rapaces aux serres aiguisées, qui malgré leur puissance défiaient les lois de la physique Newtonienne. Comment supporter une masse pareille par des pattes qui n'étaient même pas placées au centre de gravité de l'animal. Cette constatation rationnelle pondérée, nous éloigna de la chose en tant qu'être et redonna en nous la lucidité que nous avions perdue peu à peu.

Kader à deux mètres de cet animal de feu, prononça dans un ultime souffle une phrase clé, genre « vade rétro satana » en Araméen, peut être ! Alors le ciel se déchira, s'ouvrit comme pour prendre quelque chose à la terre. La maison tremblait dans une turbulence dynamique extrême.

Dans un bruit de tonnerre le monstre disparu projetant violement Kader contre une cloison. Le ciel se referma. La

puissance du calme qui régnait tout à coup me fit croire en Dieu aussi sec !
Khaled et Kader étaient beaucoup « fatigués » comme on dit à Marseille, mais leurs vies n'étaient plus en danger.
Maintenant le groupe grossissait nous étions cinq, comme le club du même nom. Au tarot pour jouer, il faudrait appeler un roi. Non enfin, réellement, nous étions six, mais avec six, il y n'y avait rien à dire !
La pièce ressemblait à un champ de bataille. Les restes de cette effusion satanique induisaient en nous une réalité sur les faits.
Certes, l'animal était un rêve, oui mais, comment un rêve peut-il causer autant de dégâts ?
Cette question métaphysique nous dépassait quelque peu !
Nous étions revenus à nous et Paula autant pour nous que pour Kader, recommença le récit de notre aventure en Irak. Elle insista sur ce que nous avait dit le Général Mansov juste avant de mourir à propos des extraterrestres.

— D'après lui, au moment du crash, des enquêteurs américains, britanniques et français sont venus.
Un certain colonel Russe a déclaré qu'à l'époque, il se trouvait à Riyad, et qu'il avait réussi à examiner l'appareil avant l'arrivée de troupes américaines, c'était pendant la première guerre du golfe.
Selon lui cet appareil était rond et fait d'un matériau inconnu. Près d'un tiers de l'engin avait été détruit par les impacts des missiles américains.
Les Saoudiens ont donc récupéré l'engin, mais les russes ont pu apercevoir des équipements, des mécanismes, sur le panneau de commande et sur les écoutilles, des inscriptions qui étaient rédigées dans une langue inconnue.

Le vaisseau faisait cinq mètres de diamètre environ. Il y avait trois fauteuils pour l'équipage, mais ils étaient si petits qu'on aurait dit qu'ils avaient été faits pour des enfants.

Cependant, il semble impensable qu'il n'y ait pas eu de cadavres sur le site. Qui plus est, rien n'a été trouvé qui eut pu ressembler à un moteur.

Les missiles américains ont probablement touché le moteur immédiatement et l'ont détruit. Plus tard, des opérateurs de stations radars, saoudiennes ont dit qu'aucune éjection ni aucune chute d'objet depuis l'engin n'avait été observée.

Des hélicoptères ont patrouillé dans le désert, mais n'ont rien retrouvé, mais les radaristes américains auraient précisé que la cible présentée comme un objet volant non identifié avait surgi "de nulle part" au moment où quatre F-16 volaient vers Bagdad.

L'un des avions américains a rompu la formation et s'est dirigé vers l'ovni. Le vaisseau étranger a commencé à suivre un cap au sud-ouest pour fuir le chasseur américain qui le poursuivait.

Quand le F-16 s'est trouvé à quelques kilomètres de l'objet, ce dernier lui a tiré dessus, mais l'a manqué.

Alors l'avion a lancé un missile sur l'ovni. Un bruit terrible a retenti et le vaisseau spatial s'est écrasé.

D'après les "ruscoffs", quand les enquêteurs américains sont arrivés sur le site, ils ont été priés de quitter les lieux et de retourner à Riyad.

Il est fort probable que les militaires ne tenaient pas à ce que d'autres qu'eux voient ce qui se trouvait sur le site, en dehors de la forme circulaire de l'engin, fait d'un matériau inconnu, et

L'estoumagade

en dehors du fait qu'aucun extraterrestre n'avait survécu au crash.
Les russes auraient toujours d'après Mansov, réussis à prendre des photos du site, sans que ni les Saoudiens ni les Américains ne s'en aperçoivent.

— Mais Paula, ton frère Victor quel rapport avait-il avec ces extraterrestres ou avec ces armes de destruction massive ! Pourquoi a-t-il été tué ?

— Dit Kader J'avoue que cette histoire est assez confuse pour moi aussi, je suis désolée, mais je ne comprends rien ! En revanche, j'avais déjà entendu parler de cette histoire d'ovni, dont Saddam s'est paraît-il emparé.

Kader posait les bonnes questions, mais il était difficile pour nous d'y répondre clairement.

Je vais tacher de continuer mon explication, dit Paula.

— Voilà, donc nous avons suivi une piste pour le meurtre de mon frère qui n'était malheureusement pas la bonne.

Effectivement Victor et Khaled ici présent ont débusqué un endroit où se trouvaient des bâtiments abritant des d'armes chimiques.

Ils ont pris des photos de loin et sont partis en ayant l'impression d'avoir été vus. Le colonel Mansov était un des émissaires américains dont la mission était de constater ou non la présente d'ADM sur le sol Irakien. En fait, la véritable raison de sa visite était de rechercher l'arme extraterrestre de Saddam !

— Mais pourquoi a-t-il été tué, lui ce Mansov ?
Demanda Kader.

L'estoumagade

— Je pense qu'il a voulu nous avertir du danger que nous courions. Nous poursuivant sans cesse, il était pour nous l'ennemi.
Nous n'avons compris que trop tard qu'il ne l'était pas.

L'estoumagade

RONALDO

Une épaisse fumée inondait la cuisine de Carla. Elle sortait d'une grosse marmite qui chauffait, un ragoût dont les odeurs en auraient affamés plus d'un !
Oui, mais voilà, aujourd'hui Ronaldo n'avait pas faim, en fait il ne sentait plus rien. Il était fermé, verrouillé de l'intérieur et faisait les cent pas en tournant comme un cochon malade.
— Dieu tout Puissant, soutiens moi dans cette épreuve ! Ôte-moi l'envie criminelle de tous les trucider, ces politiciens qui décident de notre destin !
Ces cris de désespoir firent jaillir Carla hors de la salle de bain.
— Mon amour, ne te met pas dans cet état, cette guerre sera bientôt finie !
— Je ne suis pas encore parti et toi, tu me dis que je ne vais pas tarder à revenir chez moi ! Tu délires ?
— Je ne sais pas quoi te dire, j'aimerais tant trouver les mots !
— Ne te fatigues pas, je t'aime Carla. De toute manière c'est de ma faute.
Embrasser une carrière dans l'armée américaine est encore plus obscène que d'embrasser le cul d'un cheval.

— Tu sais Carla que je n'avais que ce choix pour me sortir du Bronx et de la drogue ! Non ? C'est vrai, hein ?

— Tu as toujours fait ce qu'il fallait pour nous protéger Maria et moi, je suis fier de toi, tu sais ?

Lui dit Carla en lui prenant les mains.

— Putain nous vivons dans un état qui porte le nom de notre putain de ville. New York, la capitale, cette ville qui nous a unis veut maintenant nous séparer ?

— Albany, mon chéri, Albany la capitale !

— Oui, merci ! Voilà que tu me prends maintenant pour un idiot ?

— Arrête un peu, tu t'excites tout seul !

— New York, c'est la capitale du monde, c'est pire.

Après des embrassades typiques de latinos, Ronaldo conclu que de toute évidence son destin était tracé, et qu'il ne pouvait s'en prendre qu'à lui-même.

Il avait choisi cette carrière un peu par la force des choses, mais il était militaire et ce n'était pas la première fois qu'il partait sur le terrain.

Quand il était plus jeune, il avait moins d'états d'âme. Aujourd'hui c'était différent. Il avait envie de se poser, de voir sa fille grandir tout simplement.

Cette obsession le rongeait en permanence. Carla dit à Ronaldo pour changer de sujet, que leur fille n'était pas encore rentrée de l'école. Une angoisse de plus pour Ronaldo dont sa fille était la prunelle de ses yeux.

De petits cris dans le couloir, des chuchotements d'enfants avertirent Carla et Ronaldo de l'éruption de la pétulante Maria.

L'estoumagade

Elle laissa ses camarades de l'immeuble et se jeta dans les bras de Ronaldo, son héros de père. La joie de serrer sa petite fille se voyait dans ses yeux.
Aujourd'hui on pouvait y lire autre chose que de la joie, un soupçon de mélancolie y pointait.
Maria gigotait, les jambes dans le vide. Ronaldo lui faisait des tonnes de chatouilles et pourtant malgré ses petits rires convulsifs, Maria avait le regard fixé sur le visage de son père, démasquant d'un seul coup l'angoisse sous son apparente bonne humeur. Qui d'autres que les enfants peuvent mettre à jour les sentiments les plus secrets !
Ronaldo compris instantanément que ce jeu avait atteint ses limites et qu'il fallait avec douceur la mettre au courant de son départ pour l'Irak.
Il lui restait deux jours avant l'embarquement. Boulimique, il ne perdait plus une seconde en futilités, il allait à l'essentiel, jouait sans arrêt avec Maria, parlait d'amour avec Carla, comme s'il avait oublié son départ.
Les heures s'égrenaient malgré tout, et il commença à faire ses bagages.
Dans un silence total, le triangle familial réalisait la rupture imminente.
Maria d'un pas lent, la tête basse, la bouche retroussée rejoignit sa chambre.
Assise sur le côté de son lit, elle regardait loin par la fenêtre la rive de l'"East River", les yeux remplis de larmes.
Elle imaginait son père au combat, il lui faudrait de la chance, " la suerte " comme disait sa mère.

L'estoumagade

Comme elle, Maria avait baigné dans ce courant ancré dans la culture Afro-brésilienne, les superstitions, les gris-gris, les porte-bonheur en tout genre.
Carla, elle-même, pour n'importe quelle situation réalisait des objets pour porter chance, conjurer le sort.
Maria, elle, ne voulait pas laisser partir son père sans quelque chose d'elle, un secret, qu'elle dissimulerait dans son sac et qui serait près de lui à tous les instants.
Il fallait quelque chose d'important pour elle, une manière forte de dire son attachement. La lumière vint dans ses yeux gorgés de larmes, un petit sourire en coin, c'est ça j'ai trouvé ! Se dit-elle.
Elle partit à toute allure vers sa chambre et revint avec le petit tube fluorescent qu'elle cachait sous son oreiller.
Cet objet représentait beaucoup pour elle !
Les reflets changeant de la petite éprouvette la fascinaient. Néanmoins elle avait conscience que cet objet dont elle tenait tant, n'était rien par rapport à l'amour qu'elle avait pour son père.
La décision était prise, le tube violet sera le « porte-bonheur » de mon père.
Pendant que Ronaldo et Carla finissaient de manger dans la cuisine, Maria alla dans leur chambre et dissimula dans une doublure du sac bleu l'objet en question.
En dépit de la pugnacité qu'avait fait preuve les partisans de la paix, la barrière dressée contre l'administration Bush n'avait eu aucun effet.
Le président sortant était bien décidé à remettre de l'ordre dans le chaos moyen-oriental.
La situation en Irak était devenue plus dangereuse que jamais.

L'estoumagade

Depuis l'emprisonnement de Saddam, l'ordre social n'était plus la première caractéristique du pays. Le contexte politique déjà faible, était désormais réduit à néant. De la dictature d'un roi, le pays avait basculé dans une sorte d'anarchie où de petits groupes armés faisaient régner la terreur dans la population.
Les différentes ethnies et religions étaient le socle sur lequel les profiteurs en tout genre bâtissaient leur politique.
La mission du contingent américain dans laquelle Ronaldo faisait partie était de contenir ces groupuscules dissidents jusqu'au terme de l'élection d'un nouveau président irakien.
Carla conduisait le regard absent sa Honda Civic vers l'aéroport militaire de New York city. La joie n'était pas au rendez-vous. Ronaldo parlait de tout et de rien et se jetait dans des lieux communs sans nom.
L'atmosphère dans le véhicule était de plus en plus pesante. Maria avait trouvé un substitut à son objet fétiche, elle avait récupéré dans son coffre à jouet une poupée que Ronaldo lui avait achetée pour son anniversaire.
L'heure de l'embarquement été venu.
Le triangle familial ne formait plus qu'un point au centre de l'aéroport.
Les recommandations de Carla, les prises de risque inutiles, toutes les attentions mièvres que l'on peut apporter dans ces circonstances y passaient. Maria se laissa engloutir dans ce déchirement de bras emmêlés.
La séparation fut à l'image d'une amputation. Chacun ressentait déjà le manque. Le syndrome du membre fantôme, qui laisse l'impression de l'existence d'une partie du corps qui a disparu.

L'estoumagade

Ce triangle dramatique avait perdu son arête principale, sa dorsale, sa structure rassurante.

Maria pensait fort à son fétiche glissé dans le sac de son père. Pour elle c'était sûr, ce précieux objet lui porterait bonheur.

Ronaldo volait maintenant vers l'Irak, la tête chargée d'émotion, il n'imaginait pas la portée humanitaire de sa mission.

Il ramenait sans le savoir le virus de l'endroit où il était parti. Un retour à l'envoyeur en quelque sorte !

La probabilité de la réalisation de cet événement était si faible que j'étais à même de penser que le doigt de Dieu s'était peut-être posé sur la petite Maria pour changer le cours du destin.

Avec leurs alliés britanniques et australiens, tous les soldats étaient dotés d'armes et d'équipements de pointe en matière technologique. Les bataillons commandés par des stratèges informatisés, s'élancèrent entre le Tigre et l'Euphrate sur les traces d'autres campagnes titanesques comme celles qui furent menées jadis par Nabuchodonosor ou Saladin.

Cette fois-ci la mission était de nature passive, mais les attentats en tout genre, la guérilla permanente, mettaient le moral des troupes à dure épreuve. Ronaldo aussi était atteint par cette paranoïa.

Il avait appris que des "snipers " avaient dégommé deux compatriotes de sa garnison.

L'estoumagade

LE MARAIS

La maison noire de Kader diminuait dans le pare-brise arrière du Range. Nous étions restés deux jours chez lui pour nous remettre un peu de nos émotions.
Khaled retrouvait peu à peu son faste perdu. Physiquement il était encore assez décati, mais son esprit faisait des progrès.
Il ne lui restait aucun souvenir de son combat avec le diable. Moi, j'étais comme d'habitude au volant et je commençais à en avoir marre de rouler. Nous avions repris les mêmes places qu'à l'aller mais Khaled au milieu se tenait fermement entre Annix et Paula.
Personne ne voulait aborder le sujet qui nous brûlait les lèvres, l'exorcisme. La mémoire de Khaled l'avait quitté juste avant la découverte de l'amulette, ceci expliquait cela.

— Eh Khaled, comment tu la trouves Paula, bonne ! Non ?
— Denix tu recommences tes conneries ?
— Ça va, Paula n'y a pas mort d'homme !
— C'est vrai qu'elle est bonne !

Dit Khaled, sur un ton coquin.

L'estoumagade

Les champs pétrolifères s'étendaient à perte de vue. Des torchères parsemaient l'espace comme des bougies sur le gâteau d'anniversaire d'un diablotin. Nous allions quitter l'Irak et tous nos malheurs étaient a priori derrière nous.

Après une heure de route, une explosion nous fit vibrer en harmonie, la direction du Range ne répondait plus et nous filions tout droit vers le fossé.

Je me démenais comme un diable pour remettre la voiture dans la bonne direction en braquant et contre braquant sans cesse mais rien n'y fit.

Un ultime réflexe me permit de diriger le véhicule vers une zone moins accidentée. Dans un déchirement de feuillage, le « range », à toute allure força le passage dans un enchevêtrement de joncs. J'accélérais, car je sentais que nous étions entrés dans un terrain boueux.

Notre carcasse de tôle était sur le point de rendre l'âme, les roues patinaient sur les coups d'accélérateur, le moteur commençait à fumer. J'espérais qu'une chose, c'était de retrouver un semblant de « sec » pour faire demi-tour. Les bouches étaient fermées, les yeux étaient grands ouverts, dans la voiture on suivait avec angoisse ma folle équipée.

Paula m'encourageait comme jamais !

— Allez, Denix on va y arriver ! Tu es le meilleur !

Annix serrait les poings les lèvres crispées en murmurant :

— Ouais c'est bon, c'est bon !

Khaled et Mustapha ne m'encourageaient pas ils devaient savoir que la tâche était perdu d'avance.

La voiture s'arrêta net, laissant le silence envahir le lieu.

Des gargouillements, une modification de l'assiette du Range, nous étions comme dans un sous-marin en phase de plongée,

L'estoumagade

moi le capitaine je sentais que je devais rester jusqu'à l'engloutissement total de notre embarcation.

Celle-ci, s'enfonçait dans la boue avec parcimonie, et il n'y avait aucun moyen de l'éviter. La boue arrivait maintenant jusqu'au bas de caisse et nous avions l'impression d'arriver à un équilibre hydrostatique « Archi-merdique ».

Nous avions roulé dans le marais pendant plus de dix minutes et nous n'avions plus aucun repère visuel.

Je me faisais passer un savon par Paula et Annix. Elles avançaient sans vergogne, les arguments contraires à ceux qu'elles avaient déployés avec passion pendant mon rodéo. « Ce n'était pas possible que tu y arrives ! Je te l'avais dit, tu es trop nul ! Etc. Etc. ». Je me rendis à l'évidence que les hommes étaient moins versatiles que les femmes. Ma réflexion machiste s'arrêta là.

Nous étions contraints de quitter le véhicule, nous n'avions aucun moyen de communication, et notre salut passait par la marche à pied.

Il fallait absolument retrouver la route, mais la chose n'était pas simple. J'avais fait tellement de "zigzag" que retrouver notre chemin était pratiquement impossible ! La boue avait recouvert les traces de la voiture dans le marais.

Khaled et Mustapha sortirent de la voiture, suivis par les filles qui ne s'arrêtaient pas de rouspéter.

La boue nous arrivait jusqu'aux genoux et nous prîmes vraiment que le nécessaire pour ne pas plus nous alourdir.

Je ne savais pas si je devais prendre la tête du peloton étant donné ma responsabilité dans cet échouage.

L'estoumagade

Pendant que je cherchais quelque chose dans la voiture, Khaled eut la bonne idée de nous prendre en main, il fut notre guide pendant un certain temps.
Cette fin de matinée "Sud Irakienne" dans ce marais avait quelque chose de féerique.
Des pièces d'eau stagnantes, cerclées d'une lisière de végétaux subaquatiques, semblaient être suspendus à une brume tenace et silencieuse. Nos pas éventraient, cette épaisse chape cotonneuse, dans un clapotis de soupe ! À chaque pas coïncidaient des émanations de gaz, et toujours cette odeur forte de pétrole, qui nous rendait malades.
Annix avait dans son sac quelques aspirines et notre mal de tête diminua pour un moment.
Nous marchions depuis près de deux heures, en voiture il nous fallut que dix minutes pour arriver au même endroit. Apparemment, il y avait un problème. Khaled ne parlait pas, il était concentré sur sa marche évitant les zones trop humides, essayant de se repérer. Parfois il regardait le soleil, le seul point à peu près fiable dans cet univers de dégradation organique.
Paula discutait ferme avec Annix de choses et d'autres, en passant par la marque de rouge à lèvres qu'elles utilisaient, et patati et patata ! Moi, je disais à Mouss que de laisser un mec qui s'était fait exorciser, comme guide, me paraissais un peu déplacé.
L'impression de n'être nulle part, dans ce dédale de marais était ressentie plus fortement surtout depuis l'échec de Khaled dans sa tentative de sauvetage.
Les esprits se chauffaient comme d'habitude, tour à tour nous demandions à passer devant pour essayer de trouver un chemin.

L'estoumagade

La panique s'installa en un éclair, une bousculade entre Annix et Khaled fit commettre un faux pas à celui-ci. Il mit son pied en arrière pour s'équilibrer.

Dès lors, la terre glissa sous lui, sa jambe ne trouvait plus d'appui et il s'enfonça dans le sol. Nous n'avions pas vraiment attaché grande importance à ce fait, étant nous-même conditionné par les moyens qui nous permettraient de nous en sortir.

En voulant se récupérer il mit son autre pied dans ce bitume naturel. Son emprise dans le sol se précisait de plus en plus mais il ne donnait aucun signe de panique, aucun appel au secours. Sans doute croyait-il pouvoir se sortir de ce piège tout seul.

Notre ami était à deux pas de nous et nous ne réalisions pas une seule seconde que Khaled était en train de passer doucement dans un autre monde.

Quand nous prîmes conscience de la gravité, il était déjà trop tard. Au plus Il se débattait au plus il s'enfonçait, Mustapha amena vers lui une grosse branche pour qu'il puisse s'agripper, mais nos efforts réunis pour l'extirper des sables mouvants furent vains. Nous ne savions plus quoi faire, il descendait lentement vers les profondeurs.

Maintenant son corps était entièrement englouti jusqu'aux épaules. L'impuissance nous faisait faire n'importe quoi, nous tendions nos mains, il arrivait à nous toucher, mais nous étions trop loin et ce geste était plus un accompagnement vers l'inconnu plutôt qu'une aide véritable. Au moment où son visage fut atteint par la boue nous nous retournâmes pour ne pas assister à son horrible fin.

L'estoumagade

Ses cris, ses dernières paroles furent étouffées brutalement. Plus rien ne bougeait, nous étions tous là, sidérés, ne réalisant pas que Khaled n'était plus des nôtres !

 Lui qui avait vaincu le diable quelques jours auparavant dans un combat éprouvant, avait été récupéré par la nature.

– Comme il y a des milliards d'années les dinosaures périrent dans ces sables mouvants. Khaled à sa manière avait posé une pierre à l'édifice de l'énergie et de la consommation, en se transformant en dérivé organique, le pétrole.

À chaque plein d'essence on pourra méditer sur l'idée qu'une petite partie de Khaled est près de nous. C'est ce qu'on appelle la catagenèse. La substance de Khaled confinée dans cette boue et machinée par des bactéries gloutonnes transformera les lipides de notre pauvre ami, en hydrocarbure.

Paula me regardait avec un regard de tueuse, il est vrai que j'y été allé un peu fort avec mon histoire de décomposition.

Elle s'était approchée de moi, prête à me frapper, puis tout à coup fondit en larmes sur mon épaule.

Je m'excusais pour ce manque d'à-propos. Toute la misère du monde reposait sur les épaules de notre rousse égérie.

Elle avait perdu son frère, maintenant c'était au tour de Khaled, c'était trop !

Je la sentais complètement déconnectée du groupe. Je disais à Annix de s'en occuper de très près.

Tu restes avec elle, Mustapha et moi allons trouver le chemin qui nous sortira définitivement de ce bourbier et de ce pays par la même occasion.

J'étais à cran et ma mollesse légendaire commençait à se calcifier. Je n'avais en tête qu'une chose, retrouver Marseille.

Ce voyage en Irak, avec la formule « All inclusive », "merdes en tous genres", j'en avais soupé.

Annix et Paula nous suivaient d'un pas mécanique et monotone. Elles se rendaient compte que nous n'avions plus de but réel dans notre avancée, nous ne parlions même plus.

J'avais une idée. Je me mis à fabriquer une boussole avec l'aiguille aimantée de ma montre, mais je ne trouvais pas de système pour faire le pivot de l'index. Je mis l'aiguille sur une feuille elle-même sur une flaque d'eau, miracle la feuille se réorienta en direction du nord. Notre moral d'un coup avait gagné du terrain. Nous suivions la direction du nord sans plus réfléchir, faisant de temps en temps des haltes sur quelques flaques du chemin, pour réajuster notre trajectoire, au moyen de notre boussole de fortune. Dans cette histoire on avait presque tout perdu, sauf « le nord ».

Notre marche était plus dynamique et la cadence s'accélérait, comme lorsque le cheval sent l'écurie. Nous, nous ne sentions rien, pour l'instant, mais on supputait quelque chose !

Depuis quelques instants, je m'étais perdu dans mes pensées de "maison" comme "E.T" et je n'entendais plus les deux gonzesses derrière nous. Je me retournais, il n'y avait plus personne !

Encore un coup de sang, mes tempes battaient à tout rompre, je dis à Mustapha de m'attendre. Je fis demi-tour, au bout d'une cinquantaine de mètres, je vis au bord d'un puits de naphte, le sac d'Annix et quelques divers objets parsemés, le cauchemar était sans fin.

Elles n'avaient pas crié, c'était bizarre, elles ont dû être aspirées violemment dans ce trou visqueux !

L'estoumagade

Annix et Paula, nos compagnes de route avec qui nous avions bravé tant de dangers étaient mortes, j'étais terrorisé.

Je me mis à courir vers Mustapha comme un fou en criant de douleur, il fallait que je me calme mais là j'avais atteint une sorte de point de non-retour.

Je savais que tout était fini maintenant, l'espoir de nous en tirer Mustapha et moi diminuait comme une peau de chagrin.

J'arrivais sur le lieu où je l'avais laissé, il n'y était plus !

Je ne comprenais plus rien, dépité, au bout d'un moment, je repris ma route vers une mort certaine.

L'estoumagade

ÉPILOGUE

La nuit inocule une douce torpeur dans cette chambre où des lueurs fragmentées lèchent le visage endormi d'un homme.
Une télévision tirée au pied du lit inonde d'un rayonnement bleuté les reliefs d'un décor hétéroclite. L'homme a l'air tourmenté, il fait de petites grimaces caractéristiques comme pour chasser une mouche récalcitrante.
Dans cette chambre endormie, un miaulement aigu déchire le silence.
L'homme se redresse dans le lit et dans un bond parle au chat :
— Calme-toi ! Où es-tu !
Dans un état catatonique, symptomatique d'un réveil brutal.
Il lui fallut un certain temps pour qu'il réalise que ce miaulement venait de la télé. C'était « histoire naturelle », une émission pour insomniaques, vers quatre heures du matin.
L'homme se frotte les yeux, jette un œil au réveil, se regarde dans une glace comme pour être sûr de son existence. Cet homme se reconnaît, c'est « Moi ».
Une grosse fatigue m'assaille, ce sommeil m'a plus fracassé qu'autre chose ! Me dis-je.
Cinq heures trente, je prends le petit déjeuner avec un appétit gargantuesque, je pète la forme. Le café crème et les tartines beurrées recouvertes de confiture, me retapent complètement.

L'estoumagade

Un bémol cependant, lorsque j'enfonçais la cuillère dans la confiture j'avais une impression étrange de déjà vu, un ressenti fugace, pénétrant qui me dérangeait un peu.
La matinée s'allongeait tranquillement, quand le téléphone sonna :
— Allo !
— Allo, Denis !
— Oui !
— Tu ne me reconnais pas ! C'est Victor, Hou !! Tu m'as l'air drôlement endormi, toi ! Voilà ce qui m'amène. Je vais courir à Maison Blanche avec Annick et je voulais savoir si tu voulais venir ?
— C'est sympa, mais ce n'est pas possible, je vais au cinéma !
— Le matin ?
— Oui, c'est une projection privée.
— C'est quoi ton film ?
— L'étrange créature du lac noir !

FIN.

DU MÊME AUTEUR :

Le stakhanoviste de l'âme, éditions Le Manuscrit, 2007.

Le jour des morts, éditions Le Manuscrit, 2008.

Hippocampe, éditions BOD, 2010.